TianLiangシリーズ⑭

遊生放語
YUUZEI HOUGO

萩野 脩二

三恵社

● まえがき

　この『遊生放語（ゆうぜい・ほうご）』には、私のフェイスブックとブログの言葉およびコメントが収録されている。2014年3月から12月までの期間である。これは私の6冊目の本となる。

　私は、大変感動する言葉をメールなどで頂くことがある。また、私自身もかなり良い言葉をブログなどで発することがある。それらは、考えてみると、その時にしか発せられないものだと思いあたる。それゆえ、大事な言葉が入っているフェイスブックやブログをまとめて本にして残したい。

　あることをきっかけに齢（とし）を感じ、老いさばらえていく余生に、いささかなりとも抵抗の姿を残しておこうとするのが、今の私の姿だ。そこで、酔生夢死といった状態だが、それほど「酔」ってはいないから、同じ意味の「遊生」と言い、勝手な言葉をますます乱発するようになったので「放語」と言う。本書終わりの152頁に、同じ説明を書いたので参照していただきたい。

　なぜ、その言葉に感動するのか？感動ということに私は関心を寄せていた。できるならば、人を感動させる文章を書きたいと思っているからだ。同じ私から発生する言葉でも、少しも感動せず、ただ流し読むだけの言葉もあれば、つい引き込まれて涙さえ流れ来る文章もある。また、私の言葉に反応したコメントとの間の、そういう繋がりに感動することさえある。私という一人の感性が一点に集中した時、感動の芽が生じるのであろう。夢中の境地に立ち入って文章を書いた時に、どうやらその芽が生じるらしい。その芽を育て、感動そのものにまで高めることが出来るかどうかは、読む者の感性に掛かっていよう。私のつぶやきの中にも、そんな芽があることを望んでいる。

　コメントをくださった方々、黙って読んでくださった方々に、心よりお礼申し上げる。

　　2015年1月12日

　　　　　　　　　　　　　　　　　　　　萩野脩二　識

● 目　次

まえがき	001
目　次	002

●2014 年　　　　　　　　　　　　　　　004

"文鎮"ならぬ"枕"に…004 ／FB…005 ／緑内障…005 ／FB…007 ／この１週間…008 ／FB…010 ／FB 昨日、本が届いた。…010 ／不速之客…010 ／FB…011 ／個展…011 ／FB…013 ／FB…013 ／ハナとトリ…014 ／FB…015 ／FB…015 ／FB…016 ／暖かくなって…016 ／FB…019 ／FB…021 ／朝ドラ…021 ／FB…022 ／FB…023 ／FB…024 ／FB…024 ／FB…025 ／『平生低語』…025 ／FB…029 ／FB…029 ／馬子にも衣装…029 ／FB…031 ／FB…032 ／FB…032 ／天の時…033 ／明るい５月…035 ／FB…036 ／きっかけ…036 ／FB…037 ／FB…037 ／FB…038 ／FB…038 ／自然をめぐって…038 ／心優しき声…039 ／FB…044 ／含羞の人…045 ／FB…046 ／FB…047 ／新緑の５月…047 ／FB…051 ／FB…052 ／人の情…052 ／FB…055 ／FB…056 ／FB…057 ／FB…057 ／怠惰な日々…058 ／FB…061 ／FB…061 ／FB…061 ／研究会…062 ／宣伝…064 ／落語…065 ／FB…068 ／FB…069 ／FB…069 ／上村松篁展…069 ／FB…071 ／老舎の文学…071 ／FB…073 ／FB…074 ／FB…074 ／FB…074 ／FB…074 ／FB…075 ／夏…075 ／FB…077 ／FB…079 ／狂信者の兄弟…079 ／FB…080 ／夏バテ…080 ／FB…082 ／FB…082 ／検査入院…082 ／退院…083 ／FB…084 ／FB…085

無能無芸…085 ／ FB…087 ／ FB…088 ／昼寝…088 ／ FB…089 ／ FB…
090 ／李鋭の『無風の樹』…090 ／ FB…092 ／ FB…092 ／第 2 か第 3 の
人生…093 ／ FB…094 ／ FB…095 ／友と会う…095 ／ FB…096 ／ FB
…096 ／ FB…096 ／秋…097 ／ FB…098 ／ FB…099 ／李城外氏の配慮
…099 ／ FB…102 ／ FB…102 ／ FB…102 ／ FB…103 ／金木犀…103
／ FB…104 ／気の長い話…105 ／ FB…107 ／幽苑さんの 10 回目の個展…
108 ／ FB…110 ／ FB…110 ／ FB…110 ／つれづれ…111 ／ FB…112
／鏡…113 ／ FB…115 ／ FB…115 ／ FB…116 ／ FB…116 ／ペット…
116 ／ FB…119 ／ FB…120 ／叙勲…120 ／ FB…121 ／ FB…122 ／ FB
…122 ／ FB…122 ／怖い顔…122 ／ FB メンツ…123 ／ FB…125 ／サン
ゴの密漁…125 ／ FB…126 ／ FB…126 ／サプライズ …127 ／安心感…
129 ／気楽さと尨碌…132 ／ FB…137 ／ M&H さんのこと…137 ／ FB…
139 ／ 12 月になって…139 ／ FB…142 ／ FB…142 ／ FB…143 ／ FB…
143 ／不順…143 ／ FB…145 ／ FB…145 ／ FB…145 ／ずいずいずっこ
ろばし…146 ／ FB…148 ／ FB…149 ／ FB…149 ／プライベイト、および
「お願い」…150 ／今年の終わりに──「遊生放語」…152

あとがき　　　　　　　　　　　　　　　　154

TianLiang シリーズ　　　　　　　　　　155

ブログ「Munch2」のアドレス：
http://73615176.at.webry.info/

●2014年

・"文鎮"ならぬ"枕"に　　　　　　　　　　　　　　　　(2014.03.12)

うっちゃんから本をもらった。彼の送り状に言うには、「或いは文鎮代りにでもお使い下されば幸いです」とあった。それほど大部で重い本である。

内田慶市編著『漢訳イソップ集——文化交渉と言語接触研究・資料叢刊3』（ユニウス、2014年2月28日、607頁、6,000+ α円）

こんな分厚い本は、文鎮にはならない。"枕"代りにでもするかとパラパラとページをめくってみた。中には、22種の資料の影印がびっしりと印刷されており、これはじっくり読まねばならぬものだと思った。いやはや大変な本である。資料の収集にあたって、彼はよく夏休みにイタリアや他のヨーロッパの国々を経巡ったが、その時の感嘆とため息と喜びとをフェイスブックに書いていたことを思い出す。資料の背後には、イタリアの広場での鐘の音や、大英博物館の冷気や、ドイツでのラザーニャの味や街並みの傾斜などが、隠されているのだ。この無機質な資料の羅列を見るにつけ、背後に隠されている宣教師たちの血肉とそれを発掘するうっちゃんの五感とを私は思う。こういう所に、基礎的な資料の収集と公開の持つ学問的価値が生ずるのだろう。そのことを思うと私は心洗われる。"枕"にして大事に夢を見るべきであろう。うっちゃんには、日ごろ敬意を以って相対しているが、その敬意の出所が、こういう地道な業績の上に成り立っていることを知らされる。恰好よくて何となく危なげなアンガージュマンとしての彼の政治的意見も、一方でこのような基礎の上に構築されており、だからこそある種の自信からくることを感じさせる。

論文「イソップ東漸——中国語イソップ翻訳史」には、うっちゃんのこれまでの研究の総括が書かれている。まず、イソップの東漸がマテオ・リッチから始まることを指摘し、中国語訳イソップの流れの中で、質量ともに他を凌駕していて、中国と日本への影響があるのが、ロバート・トームの『意拾喩言』であることを述べる。それは、原話にとらわれずに、思い切った「中国化」を試みたからであった。言い換えれば、トームによってイソップは「中国の衣装をその身に纏って」中国に現われたのである。これは、モリソンの「いわゆる翻訳とは、単なる語彙の置き換えではなく、あくまでも相手方の思考や文明に身を置くという立場」とつながることを解明したことになる。ここにおいて、イソップの翻訳という事象が文化交渉そのものであることが実証されている。異文化接触で最も重要なことが、単にその言語を習得することに止まらず、

お互いの文化の違いを認識しながら、相手方の文化を認めることだという、うっちゃんの思考が見事に実現されたではないか。

この本は、だから、なかなか重い本だ。"文鎮"などにせず、"枕"にして毎日寝るべき本ではないか。さすればきっと、すがすがしい朝を迎えられるのではなかろうか。うっちゃん、ありがとう。

　　＊うっちゃん：こんな素晴らしい言葉をいただいて感激しています。恐らく、こんなに丁寧に読んでいただけるのは先生以外にはおられないと思います。嬉しくて涙が出ました。有り難うございました。

　　＊邱羞爾：うっちゃん、こちらこそ恐縮です。私は時間的に余裕がありました。気鋭の若い方たちはきっと自分のことで忙しく、人の本を書評する時間がないのでしょう。それがちょっと残念ですね。

・facebook.
(2014.03.14)

朝起きたらもうすぐ、目が赤く、かゆい。鼻がぐじゅぐじゅ出るし、くしゃみも出る。これはもう「花粉症」なのだろうか？

・緑内障
(2014.03.17)

今日はとうとう眼科に行った。月曜日でもあるから混んでいることは予想できた。しかし、9:40頃に入って、終わって出てきたのが12:20だった。ちょっと時間がかかりすぎではないか。幸い、ご近所の奥さんと出会ったので、待合室でずいぶんとろくでもない話をだらだらとして、時間をつぶした。しかし、それでも時間が余ってしまった。この奥さんは老舗の和菓子屋の奥さんで、やはり私と同じく花粉症でやってきていたのだ。もう患って10年にもなるというのを聞いて、がっかりした。私はここ2,3年花粉症になったばかりだが、今年限りで治ってほしいと思っていたのに、10年も続いて治らないのかと思ってがっかりしたのだ。一度花粉症になったら、もう逃げだせないようだ。そのくせ、5月の連休のあとなど、一定の時期になればケロッと治るのだが……。

だが、私の場合は、花粉症などというものだけではなく、緑内障で、右目がひどいから少なくとも右目は10年から15年には失明するかもしれないと言われた。そもそも9年も前に視野狭窄や眼圧の検査をして「おかしい」と言われながら、ずっと放っておいたから、ここまで進んでしまったのだ、と直接言わなかったけれど暗にそういう風

遊生放語————— 005

●2014年

なことを言われた。「では、手術でも……」「手術では治りませんッ。手術では、せい
ぜい眼圧の高まりを抑えるだけです。手術では治りませんッ！」と言われてしまった。
花粉症の眼薬は、1日4回点眼するだけだが、緑内障の方は、「キサラタン」とかいう
薬を左右の眼にさして、眼圧を抑えるほかないと言う。1日1回さすだけだが、もっ
たいぶって、次にさすまで24時間あけろだとか、点眼すると瞼が黒ずむかもしれない
から洗顔しろなどとうるさい。幸い急性ではなかったから、これから規則的に点眼し
て眼圧を抑えるほかあるまい。

*ひゅん：こんにちは。ご無沙汰いたしております。前のブログになりますが、
「ひゅん」名義のブログの掲載、もちろんＯＫです。よろしくお願いします。先生
が緑内障を患っておられるとは知りませんでした。それにしても「手術では治り
ませんッ！」なんて二回も繰り返して言うお医者さんってキツイなあ…と思いま
した。目の病気は花粉症と一緒になると一層大変でしょう。先生のお辛さ、お察
し致します。私は春から何と一年生向けの中国語の授業が9コマもあって、4月
は花粉症とノドの闘いになりそうです。お体ご自愛ください。

---

*邱羞爾：ひゅんさん、コメントをありがとう。お久しぶりです。この3月はお
となしく日本にいたのですか？
あなたも花粉症なのですか？知らなかった。今日内科の医者に行ったところ、看
護師さん2人も花粉症でした。多いですねぇ。4月から9コマも1年生の授業とか
…大変ですね。でも授業があるだけましなのではないでしょうか。そう思って
元気を出してください。

---

*艶雪陳：大きい病院やとほとんどそんな感じですよー。診察の時間数分のくせ
に待ち時間長すぎ(*_*) 予約していても一時間とか待つときあるし、初診やと待つ
時間普通に二．三時間かかりますよ。何でこんなに時間かかるんでしょう！？ 診
察の時間は数分で終わるのに…
先生もお疲れ様ですね。待ってるだけで疲れたまりますよー本当に！！
家でゆっくりお休みになって下さいね。お大事に♡♡

---

*邱羞爾：コメントをありがとう！本当に、どうしてあんなに時間がかかるのだ
ろうね？今日の私はちょっと事情があって、検査が多かったのだ。結果は良くな

かったので、がっかりだ。
それはそうと、君の方は元気にやっていますか？

＊艶雪陳：先生だいじょうぶですか？ そんなに良くない結果だったんですか？
私はとても元気ですよー ^_^ 今妊娠８ヶ月で五月に二人目出産予定です！ 毎日
育児奮闘中で妊婦生活も楽しみながら頑張っています。

＊邱羞爾：ほう！君は偉いなあ、２人めだって！！体を大事に丈夫なお子を産ん
でください。

＊艶雪陳：はい！ちょっと怖いけど頑張ります^_^ また産まれたら報告します

・ facebook.
(2014.3.20)

今日はカイロプラクティック。終わって区役所やらスーパーやらコンビニ合計５軒も
まわって、帰宅したのは12時20分にもなった。

＊へめへめ：お疲れさまでした。

＊邱羞爾：君は楽しい有意義な台湾研修旅行ができたようだね。

＊へめへめ：ありがとうございます。今どうやって論文にするか考え中です。

＊幽苑：日本では日本式、中国式、タイ式の整体が多いですが、アメリカ式のカ
イロプラクティックは珍しいですね。

＊邱羞爾：幽苑さん、このカイロプラクティックの効果かどうかわかりませんが、
もう３年ほど通っていて、手術をしないで済むようになりました。膝の痛みも、今
は少しおさまっています。ところでここも、４月から値を上げるそうで困ってい
ます。

＊邱羞爾：へめへめさん、がむしゃらに食いついて、一気に書き上げなさい。頑
張れ！

遊生放語 —————— 007

＊へめへめ：ありがとうございます。他人の茶々は気にせず、自分と研究対象を信じて頑張ります。

＊幽苑：そのカイロプラクティックの施術が合っているのでしょうね。現在、町のあちこちに整体院が出来ていますが、施術力また価格もいろいろですね。私も震災後の治療を兼ねて長年通っています。保険が適用される所もありますが、私の通う所は保険はききませんし、今年から同様に値上がりしました。
しかし、ものは考えようだと思っています。これだけ元気に動け回れるのもそのお蔭かと思っています。

＊邱羞爾：幽苑さん、その御意見に賛成です。私のも健康保健がききませんし、高いと思いますが、施術が合っているのだと思っています。幽苑さんほど元気に活躍できませんが…、ともあれ、のろのろ歩いております。貴女の頑張りには敬服しております。

・この1週間
(2014.03.22)

この1週間ほど「倒霉 daomei（＝運が悪い）」な週はなかった。

あまりに目が痒いので月曜日に眼科に行った。その時はまだ軽い花粉症とのことだったが、ついでに検査した眼圧が異常に高く、検査を2, 3した後、緑内障と診断された。そして、このままでは遠からず失明するとまで言われた。特に右目は！検査結果の赤い色を示しながら、これが緑内障の部分だと言う。なるほど全面的に色濃く赤だった。

火曜日には、内科の医者だ。もともと心臓のことで定期的に診てもらっているのだが、糖尿病などもついでに診てもらっている。足先が角質化していることや、皮膚のかゆみや、足が攣ること膝が痛いことなど、いろいろ訴えるのだが、ほとんど聞き流されるだけだ。こちらも、それはそれで良いと思っている。HbA1c（ヘモグロビンエーワンシー）や、クレアチニンの値がまた良くなかった。ほぼ2キロ1か月で痩せたと言うのに…。

水曜日には、4月の法事に出かける東京までの切符を買いに街中に出かけた。終わって、あるギャラリーで妻と待ち合わせたのだが、そのギャラリーがわからなくなってしまった。あちこち歩いて、やむを得ず、角のコンビニで聞いた。店員の女性は、「この辺のことは知らないんです」と申し訳なさそうに言うので、やむなく出て、東に歩こうとしたら、コンビニの筋向いが探していたギャラリーであった。こんなすぐ斜め

のところにあるのをわからないなんて、私がボケサクなのはもちろん言うまでもないが、このコンビニの店員もあまりにもおかしいではないかと思った。水曜は暖かな日ではあったが、夕方、風に吹かれて小1時間ほど外で待っていたこともあったので、調子悪くなったのだろう。その夜から木曜日の朝にかけて足が攣って痛く、苦しかった。木曜日は、朝から雨だった。カイロプラクティックへ行く日だ。ここでは最初にお風呂に入るから、順番として1番になりたい。そういうわけで早く出かけなければならない。幸い、今回は1番だったが、下手をすると3人も4人も待たねばならなくなる。そうすると時間に大変なロスが出る。この日は、帰りに左京区役所に寄った。私学共済が切れるので国民健康保険に入ろうとしたのだ。ところが、今の共済の期限が4月1日だから、「4月1日以後に来い」と言われてしまった。不便な地にある総合庁舎だから行くのは大変だ。電話で前もって確認しておけばよかった。電話は苦手なので、つい横着をしてしまったということになる。

金曜日は何事もないはずが、なんと朝からガスストーブが変な音をけたたましくあげ、壊れてしまった。早速ガス会社に電話をしたところ、なんと今日は春分の日で、祝日のお休みであった。休みの日に限ってこういうことが起こる。一時の暖かさが嘘のように、このところ冷える。夕方散歩に出たら、急に曇って来てポツポツ降ってきた。一時には雪が混じって、みぞれになった。すっかりびしょ濡れになって帰ってきたら、パット雲が切れて日差しが差し込んできた。何たる不運！

土曜日、ガスストーブを朝一番で持っていく。ガス会社に「取りに来てくれ」などと言っていたら、いつになるかわからないから、持ち運んだのだ。1階の掃除をして、歯医者に行く。今週は、なんと多くの医者に行かざるを得なかったことか。歯医者は、ちょこちょことやって、「また来週」ということだ。昼飯を食べた。ガス会社からウンともスンとも言ってこないので、こちらから、「故障はどうなっているのだ？」と電話で聞いた。「今、大変込み合っています」とよく聞く返事だ。「そんなことを言ったって、いつごろ治るのか？何がどう悪いのか？」と聞くが、らちが明かない。それで、「代わりのガスストーブぐらい用意しないのか」と言った。しばらくして、電話がかかってきて、「今、代替品がご用意できましたが、どうしますか？取りに来ますか？」と言う。「持って来い」などと言ったら、いつになるかわからないのでやむなくすぐ取りに行った。しかし、ガス会社も、いくら混んでいる時期だと言っても、もう少し対応を考えるべきではないか。電話で大きな声で文句を言ったので、やっと反応したが、あのまま電話もせずに待っていたら、今夜も寒いままであっただろうし、明日は日曜で休みだから、来週の月曜日になる。おまけに、月曜になってやっと対応を考えるの

であろうから、来週いっぱい待っていてもガスストーブが治ることはおろか、見通し
さえできていないに違いない。

ガスにしろ、電気にしろ、独占的な営業だから、動きが遅い。それにしても我々のと
言うか私の生活は、なんとガスや電気のお蔭をこうむっていることか。生活の便利さ
が、ひとたび狂うと、いっぺんに社会から取り残されるような気がする。

· **facebook.**   (2014.03.23)

今日は、博士号を取得した若い中国の留学生と会った。熱心な優秀な学徒であり、中
国の大学に就職も決めた。ただし、最近の中国の大学は厳しい規制があって、3年以
内にしかるべき業績を上げないといけないそうで、今から不安な顔をしていた。でも、
私の、根拠はないのだけれど、がんばるしかないよと言う励ましに、喜んで帰って行っ
た。いつか、中国の大学で再会したいものだ。

    ＊へめへめ：義理堅い学生ですね。いつか活躍する姿が見られますように。

    ＊邱羞爾：中国の文化系の大学、特に語学系は女性ばかりなので、男を採用する
    ような方針なのだそうだ。私が昨日会ったのは女性だけれど……

· **facebook.** 昨日、本が届いた。   (2014.03.24)

吉田世志子著『老舎の文学──清朝末期に生まれ文化大革命で散った命の軌跡』（好
文出版、2014年3月15日、390頁、3,700＋α円）。

これは吉田さんの学位論文を本にしたものだ。マル2年かかってやっと本になった。
彼女の熱意と「恋」と序文に言われる老舎への傾倒があふれる本である。

早く読みたいが、今は雑事が重なっている。残念だ。

· **不速之客**   (2014.03.26)

我が家では、ゴキブリホイホイに入る奴を「お客様」と呼んでいる。このところ急に
あったたかくなったので、ゴキブリがまた出てきた。幸いまだ目にしたものは1匹に
過ぎないけれど、1匹見たと言うことは少なくとも4，5匹はいるに違いない。

あの身の毛もよだつ姿かたちで、あちこち走り回る奴は、見つけ次第叩き殺すのだが、
奴はさすがになかなか私ののろのろした手からすり抜けていく。どうして、あのよう
に安易に手を出すことができない隅っこを巧妙に這いずり回られるのか。利口な奴と、
つくづく思う。これも活動の時間があるらしく、夜のあまりに早い時間でも、晩い時

間でも活動しない。サッサッと走って、ちょっと角に止まり、長い触角を左右に揺らしてこちらの動静を見ている。なんと、憎らしい奴だろう。この頃は、アースなどでパッと吹き付けてやるから、割と失敗しないでやっつけている。新聞紙などで、しっかりつまんで握り殺すのが一番確実だ。しかし、新聞紙越しであっても、手で掴むのは気持ちが悪い。思いっきりねじってひねり殺すほかない。

暖かくなってやってくるお客様に、花粉症が加わった。確かに数年前から、鼻水が出て困っていたから、その予兆はあったのだろう。退職の時のパーティで、そこいらじゅうのティッシュで鼻ばかりかんでいたのを思い出す。去年は、5月の連休を過ぎてやっとよくなった。今年は2月から目をやられ、鼻水がグショグショで、くしゃみが出る。この目の痒さは、なったものにしかわからない痒さで、掻けば掻くほど痒く、そして痛い。第一痒いところを掻くことができないのだ。このもどかしさはなったものにしかわからない。

どうやら、お客様が面白くなくなって退出して帰ってくれるまで、治らないようだ。全く、「不速之客（招かれざる客）」に煩わされる時期になった。

・**facebook.** (20414.03.28)

昨日今日と急に暖かくなったので、銀閣寺道の「哲学の道」の入り口の桜が咲いた。まだほんの少しであるけれど……。

・**個展** (2014.04.01)

4月になった。4月には、我が奥さんの油絵の個展が開催される。我が奥さんはずぶの素人で、たんに絵を描くことが好きなだけだが、彼女が個展を開くとなれば、亭主としても応援せざるを得まい。応援というよりも随分こき使われていると思っているが、当の本人は、この男はちっとも役立たないと舌打ちしているから、複雑だ。

それはそうと、個展は次の要領で開かれる。

　会期：2014年4月22日（火）－ 4月27日（日）
　　　　AM11:00 － PM6:00　（最終日 PM5:00）

● 2014年

会場：ギャラリー・カト１F
　　　京都市中京区寺町御池下る西側。　TEL:075-231-7813
萩野仁子（はぎの・じんこ）油彩展―20年のよちよち歩きの足跡－

本人も言うように、20年間ためた絵が有るので、それをこの際公表しようということに過ぎない。子育てが終わってホッとする間もなく、子供のために心労があって、鬱になった。やっとその状態を抜けて、今度は躁の状態になっている。だから、個展などをやってみようという気になったのだが、そばにいる者としては、鬱よりもこの方

がずっとありがたい。3月いっぱいはハガキも50円で出せるから、すでにかなりの人に恥も外聞もなく郵送した。場所は、三条寺町を上がったところで（つまり北に向かって歩いて）御池通りという大きな通りに出る手前の西側にある。ぜひお寄りください。

＊ガマサン：先生、四月になりました。
ご無沙汰しています。
奥様の個展、素敵です、絵心がある方は本当にうらやましいです。
先生がお手伝いなさろうとしている姿が目に浮かびます。
そして奥様のコメントもよくわかります。
長く暮らしても違う人間だとわかっていながら、言わなくても私の思うようにしてくれるはずだと、間違った期待を私は夫に抱いてしまいます。そして、どうしてわからないのという余計なストレス。
さて、私は、ここのところ、寒さを言い訳に、その他いろいろ遠目からみれば、たいしたことはないのですが、自分ではなかなかそうは思えないことがあり、冬眠状態を続けていました。本も読む気がせず、最低限の仕事と家事だけでした。ようやく暖かくなり、気持ちも少しは持ち直し、また活動しようかという気になってきました。
暖かくなると、不思議と家の中の汚れ、自分の顔のくすみが目立ってくるように思います。

何とかしなくてはという気持ちになります。

ということで、また時々お邪魔します。

＊邱羞爾：ガマサン、コメントをありがとう。冬眠状態から目覚めたそうで良かったです。

今、世間ではきれいなサクラが満開です。今夜からの雨が心配ですが、銀閣寺道の「哲学の道」の入り口にもたくさんの外国人が写真を撮っています。

ガマサンは今年度から受験生の担任になったのでしたね。まず、自分に自信を持って進んでください。

＊ひゅん：奥様の個展、もちろん行かせていただきます〜〜♪楽しみにしております。金曜日に京都に行きますのでその帰りに。前からＮＨＫの日曜美術館のファンでいらしたことはお聞きしていましたが、まさかご本人が絵を描かれていらっしゃるとは思いませんでした。私は落書きしかできないのですが、作品を鑑賞させていただくのは大好きです。

＊邱羞爾：ひゅんさん、コメントをありがとう。

台湾から帰ってきたのだね。実り豊かな台湾だったようですね。

金曜日に画廊に来てくださるとのこと、嬉しいことです。本人はもちろんですが、多分、私も留守番役として画廊にいるでしょう。

＊ひゅん：先生ありがとうございます。金曜日には先生もいらっしゃるとのこと、お会いできますこと楽しみにしています。

・facebook.　　　　　　　　　　　　　　　　　　　　　　　　（2014.04.02）

今日は伏見桃山の「御香宮」に行った。30年ほど前に、ここいら辺のアパートに住んでいたが、すっかり様子が変わっていた。ただ、「御香宮」だけは変わっていなかったが……。それでも、記憶も怪しくなっていた。

・facebook.　　　　　　　　　　　　　　　　　　　　　　　　（2014.04.03）

今朝、津守陽さんから『増補改訂版　中国女性史入門──女たちの今と昔』（関西中国女性史研究会編、人文書院、2014年2月10日、228頁、2,300＋α円）を頂いた。

遊生放語 ──────── 013

こういう方面のことは苦手であるから、とても助かる。
津守さんは、Ⅱ教育の10現代の女子大学生などを担当している。先日は、第10回太田勝洪記念中国学術研究賞を得た、新進の気鋭の、しかも2児の母である研究者だ。お心遣いに感謝する。

・ハナとトリ　　　　　　　　　　　　　　　　　　　　　　　　（2014.04.04）

暖かくなって花が盛りにきれいに咲いていた。花と言えばサクラ。今年はきれいに穏やかに咲いた。でも、今日4日の雨風で、ずいぶんと花びらが散った。

4月3日

銀閣寺道の交差点より

我が家にある2本のボケの1本が花も盛りだ。赤いボケも咲き始めている。なぜ「ボケ」などと言うのか知らないが、私に最もふさわしい花なのかもしれない。レンギョウの黄色い花も家によっては良く咲いている。
3月31日（月）の夕方、コンビニに買い物に行ったついでに白川沿いを歩いたら、「いよちゃん」がいた。久しぶりに見るサギだ。いつもの喫茶店の奥さんからエサをもらった後なのだろうか、橋の真ん中に立って人が通っても逃げようとしなかった。ある人が通りかかって「コウノトリだ、ええ、そうじゃないか？」と言うので、「サギです」と訂正しておいた。自転車の少年が携帯で写真を撮ろうとしていた。私はそのまま通り過ぎて帰ってきたが、そう言えば、29日土曜にはツバメを見たような気がした。31日など、銀閣寺アイスキャンデーの店や日栄軒や丸銀のひさしにツバメが数羽やってきて巣作りに忙しかった。31日、1日と朝には、ピーチクピーチクチリチリチリと多分ヒバリらしい声が空高く響くのを聴いた。ウグイスの声を今年はそんなにはっきりとは聞かなかったが、4月2日には良く鳴いた。
この日は、私は伏見にいた。「大安吉日」ということでお宮参りをしたのだ。「御香宮」で、かつて私の二男のお宮参りをしたと思う。その頃私は伏見のアパートに住んでいたから。その二男の娘の初宮参りというわけだ。私は別に「大安」などにこだわらなかっ

たが、そんなのは迷信だと言っていた二男が自分の子供のこととなると、吉日にこだわるのを面白く感じた。だいたい、もう4ヶ月にもなるのだから、おかしなことだ。

孫はワンワン泣いてばかりいて、少しもおとなしくしていなかった。御祈祷が終わって、伏見の「鳥せい」で食事をしたが、店の外まで並ぶ大勢の人であった。幸い予約しておいたので2階の座敷で食事ができて良かったが、消費税値上がりなどどこ吹く風と大変な人であった。そう言えば帰りに寄ったデパートでもかなりの人が入っていて、値上げの影響など感じなかった。

相変わらず、私は鼻水でグショグショだし、目も痒いけれど、目は少し良くなったような気がする。くしゃみは相変わらずだ。くしゃみをするとすぐ鼻水が垂れる。花粉症は何だか体がだるくて、思考能力がますますなくなっていく。ちょうど1年前のブログを見たら、なんと、おんなじことをやっていて、おんなじ感想を抱いていた。少しも進歩していない。いや、去年の方がマシなことを言っていた。

年度が新しくなると、いろいろ変わることがある。今年は特に消費税が5％から8％に変わったので、動きが大きい。私事では、私学共済から京都市国民健康保険に変わったことが大きい。6月に支払いの通知が来るので今はいくらかわからないが、しばらくは1割負担であることが嬉しい。

・facebook.　　　　　　　　　　　　　　　　　　　　　　　　(2014.04.05)

サクラを主として花がいっぱいの春になった。我が家の裏の椿も咲き乱れている。表ではボケの花が満開だ。

・facebook.　　　　　　　　　　　　　　　　　　　　　　　　(2014.04.07)

今年は早くも筍をたくさん食べた。いつも買う三条寺町の店で朝取りの筍を買うのだが、先日龍谷大平安高校が優勝したので、丸銀の八百屋の息子がそこの卒業生ということで、優勝を祝って筍の大安売りをしたのだ。

どちらも柔らかくておいしかった。

＊幽苑：上海で春筍を食べました。普通のたけのことはまた違った歯ごたえで、美味しかったです。

・**facebook**.　　　　　　　　　　　　　　　　　　　　　　（2014.04.08）

私は確実に読書能力が落ちている。本がなかなか読めない。

今日はうれしい人から本を頂いた。遅子建著、竹内良雄・土屋肇枝訳『アルグン川の右岸』（白水社、2014 年 4 月 15 日、365 頁、2,800 ＋ a 円）。

中国東北のエヴェンキ族の話で、2008 年に第 7 回茅盾文学賞を受けた作品だそうだ。訳者の竹内先生とは、私の言う「うれしい人」で、蘇童の会でお会いしてからの親交となっている。私は実はお顔を覚えていないのだが、互いの友誼が続いていることをうれしく思う。

・**暖かくなって**　　　　　　　　　　　　　　　　　　　　（2014.04.10）

温度が高くなって、5 月中旬とか下旬並みの暖かさだという。ずいぶん楽になって、嬉しいことだが、こういう時の方こそ風邪を引きやすい。相変わらず、目や鼻がいかれているが、とりわけ鼻は、もうボックスティッシュを何箱も空にするほど出っぱなしだ。スーパーなどで自転車にティッシュを積んで帰る人を見ると、何も消費税が上がってからあんなに買う必要はないのにと思うけれど、自分の鼻のことを考えると、あの人も花粉症に悩まされているのかもしれないと思う。散歩中は、意外と少ないのだけれど、家に帰ると安心するせいか、ドッと出て来る。のべつひっきりなしだ。この花粉症のせいにして、読書も何もできていない。

カイロ（プラクティック）の大先生が、感動したとかで、『男たちの大和 /YAMATO』という DVD を貸してくれた。私は宿題を果たすようなつもりで見た。けれど、私はちっとも感動しなかった。なぜだかわからない。佐藤純彌監督、反町隆史、中村獅童、松山ケンイチ、仲代達也、鈴木京香などが出るし、そのほか渡哲也、寺島しのぶ、長嶋一茂、蒼井優、白石加代子なども出る豪華キャストだ。特設セットも撮影も凝ったものだ。2005 年に公開されて観客動員 400 万人の最高、興行成績 50 億円であったという。死ぬための出撃という悲劇に対して、私は鈍感になっているのかもしれない。

私は 1953 年に公開された『戦艦大和』という映画を見たことを覚えている。主人公役の藤島進だけを役者としては覚えているが、大和が沈没するときに、海に投げ出された男たちがアメリカの飛行機の射撃で海に沈んでいった場面を強く覚えている。多分、小学校 6 年ぐらいではなかったかと思う。こちらは、吉田満原作で、脚本を八住利雄

が書いている。どちらかというと、尉官級の人物像で、2005年公開の『男たちの…』がより低い地位の人物像に視点を移し、戦争の不合理を際立たせるのとは違っていたと思う。この『男たちの…』の方が近いしはずなのに、なぜか感動しなかった。

私は時々、取り返しのつかないヘマをする。そのため、相手を傷つけ音信不通になることがある。ヘマに対して、いくら謝っても駄目なのだ。謝るほどいっそう軽蔑されるだけになる。ヘマや失敗は取り返しがつかないと、これまで何度も自分に言い聞かせてきた。放っておいて時間の緩和を待つしかない。

小保方晴子さんの場合も、私にはSTAP細胞があるかどうかが問題なので、それに対して私は無知だからあまり関心を寄せていないが、博士論文にコピペの疑惑がある事だけはとても関心がある。もし事実とすれば、早稲田大学の体質の問題になるはずだから、もっと大学は真剣にこの際反省し検討すべきだろう。一人小保方さんだけの問題ではないはずだ。博士論文の審査委員の者ども、とりわけ主査は大いに責任があるだろう。私は学生の卒論ごときでも、この点を厳しく追及して、時には卒業させないと息がったことさえある。この点では私と同じ研究室の先生方は一緒であった。でも、私の数少ない経験では理科系の論文には、実にちゃちな論証や怪しげな図表があった。今の時代、他の文章をコピーして貼り付けて使用するなどということは日常的に行なわれていることなのであろう。この点はまた別の問題となろう。だが、他の論文でなくとも、誰かの文章を書きうつして読んでいるうちに、自分の文章と混同して小説に使った作家などもいたくらいだから、よほど注意しなければならないだろう。

STAP細胞に関する論文を提出するときに、「不注意であった」とか、「故意ではないミスがあった」などと言うことがまかり通るのであろうか。『Nature』なる雑誌がどれほど権威があるものなのか、私は知らないが、当人たちは良く知っているのであろう。それならば、ヘマは許されまい。そんなミスの多い論文を発表して平気な世界に対して私は軽薄な感じを持った。権威なんて自ら育てるもので、頼るものではないはずだ。

もっとも、私は小保方さんがTVで見る限り好きである。感じの良い女性に見える。彼女をもっと地道に厳しく指導する人はいなかったのだろうかと思う。一方、上司との怪しげな関係に話を持っていって愉快がる週刊誌まで現われている。科学者は地道な科学研究にいそしむべきだ。目立たないけれど、地道な研究というそういう努力と時間を急き立てるような軽薄な環境が日本では出来ているのではないか。とにかく何時までに結果を挙げるようにと強く要請する環境に引きずられているのではないか。これでは、少なくとも、日本の科学者の質が落ちる。業績主義の弊害である。

遊生放語————017

あえてマスコミの体たらくには触れない。

＊どん：小保方さんに割烹着を着せたのも、ピンクの研究室のアイデアも笹井芳樹さんだと言われています。
世界最高峰の研究者がこんな稚拙な真似をしたのは、山中伸弥さんと競争させられたから。
小泉竹中改革で「選択と集中」の方向が打ち出され、成果があったところに集中的に予算が配分されることになった。短期間で成果をあげるなんて不可能ですから、日本の科学はお終いというわけです。

＊邱羞爾：どんさん、コメントをありがとう。
そうですか、そんなにいろいろ細工をしたのですか。
「選択と集中」が必ずしも悪いわけでもないのでしょうが、うまく機能していないのも事実ですね。「日本の科学はお終い」とまでは思いませんが、現状はよくありませんね。深く反省して、出直さねばならないでしょう。
竹中方式にはひどい目に遭っているという実感があります。
もうじき、どんさんもさらなる研究に発展しなければなりませんね。じっくり力をつけてください。

＊へめへめ：科学者が証拠を出すべきだと小保方さんを批判しているのには納得できるものの、一般からは誠実な会見だったとの意見が出ているのには全くいただけません。「可愛いから許してあげようよ」という心情は一般社会では見られることでしょうが、科学を初めとする学問の世界ではあってはならないことだと思います。小保方にしろ、佐村河内にしろ、嘘つきがまかり通る日本社会の行く末が恐ろしいです。

＊邱羞爾：へめへめさん、コメントをありがとう。
おっしゃるように、「可愛いから許してあげようよ」などというのは科学者にはあり得ないことです。あたりまえで、言うまでもないことです。
小保方さんが嘘つきかどうか、私はまだわかりません。私は彼女の博士論文から、いささか厳密な態度でなかったように思っています。それは指導者にも責任があると思います。学問の世界を成り立たせるのには、厳しさと慎重さが必要です。そ

うではありませんか？

でも、私は、まだそんなに深刻には考えていません。メディアというかマスコミが例によって騒ぎ立てているとしか思いません。もちろん、そこには「可愛いから」という心理があることでしょう。そんなのは「当たり前だのクラッカー」（これ、知っていますか？）なのです。

---

*へめ：お返事ありがとうございます。

学問における厳密さは全くその通りで「当たり前だのクラッカー」です。

「嘘つき」は言い過ぎでした。しかし、証拠を出すことよりも、プレゼンテーションの良し悪しで、この問題を判断する人々が多いことに憂慮しています。

さらに、この前の会見は何だか小保方さんが時間稼ぎをしているような気がしました。STAP細胞に200回成功したのなら証拠を見せるべきなのに、成功した人の名前やノートを明らかにできないというのは、その場しのぎの時間稼ぎだと思いました。そして、科学者としては許されないのではないでしょうか。未熟だとか勉強不足だとかどうでもいいのです。証拠を出せるか出せないかです。

これからの調査では、小保方さんや指導者、共同研究者やそれらを取り巻く研究環境にメスを入れなければならないと思います。

---

*邱羞爾：へめさん、コメントをありがとう。おっしゃる通りですね。「証拠を出せるかどうか」ですね。「研究環境にメスを入れ」ろという意見にも賛成です。

文系にせよ理系にせよ、科学者はしっかりすべきなのですね。「人のふり見て、わがふり直せ」でいきましょう。

---

*へめへめ：本当に先生のおっしゃる通りです。他人を批判するなら、自分もキチンとせねばなりませんね。自分に言い聞かせて仕事と研究に勤しみます。

・**facebook**.   (2014.04.13)

*へめへめ：お誕生日おめでとうございます！いつまでもお元気でお過ごしください！！

---

*ひゅん：お誕生日おめでとうございます！！

●2014年

＊邱羞爾：ありがとう。今、床屋から帰って来たばかり。少しでもいい男になれたらなぁ……。

＊芳恵：先生、お誕生日おめでとうございます。25日に妹と男前に会いに行きます！

＊ひゅん：芳恵さん、お久しぶりです。私も25日に男前に会いに行きます。ちょっと遅めの時間になりそうですが…・お会いできるでしょうか？？

＊芳恵：ひゅんさん、こんにちは。タイムラインをお借りしました。私たちは開場時間に伺う予定をしています。残念です…

＊ひゅん：芳恵さん、了解しました！

＊うっちゃん：先生の誕生日か。おめでとうございます。

＊どん：おめでとうございます！！

＊邱羞爾：芳恵さん：ありがとうございます。25日、お待ちしていますが、男前はもう崩れてしまっていそうです。

＊邱羞爾：うっちゃん、ありがとうございます。まだ早いと思うのですが……

＊邱羞爾：どんさん、ありがとう。もう戻ったのですか？時間はあっという間に過ぎて行きます。大切にネ！

＊義則：誕生日、おめでとうございます。

＊邱羞爾：義則先生、ありがとうございます。馬齢を重ねて恥ずかしい限りです。

＊義則：先生、とんでもないことでございます。
ただただこれからも良きことが雪崩のように起きますようにお祈り申し上げます。

＊邱羞爾：へめへめさん、ありがとうございます。毎日どこか痛いのかゆいのと
ヒーヒー言っていますが、しぶとくやっています。

· facebook.
(2014.04.14)

FBは、勝手に「もうじきだれだれさんの誕生日です。」なんて入れるから、私のよう
な物忘れの多い者は、すぐあわてて「おめでとう」なんて入れる。でも、誕生日その
日に入れた方がありがたみが増すのではなかろうか？
私の場合、この年になると、もう誕生日なんて、まだ生きていやがるのかという気に
なって、めでたくないけれど、年を取ればとるほど人様はお祝いを入れてくれるよう
になった。ありがたいことだ。

　＊うっちゃん：そうですね。

· 朝ドラ
(2014.04.14)

朝ドラの『ごちそうさん』が終わって、8時から朝ドラを観なくなったので、ずいぶん
時間に余裕ができるようになった。朝ドラは、おもしろいから必ず観るというわけで
もなく、マンネリ惰性で観てしまうものだ。それが1つの生活のリズムを作っていた。
最近の2011年からあげれば、『おひさま』、『カーネーション』、『梅ちゃん先生』、『純
と愛』、『あまちゃん』、『ごちそうさん』と続いて来たが、『純と愛』と『あまちゃん』
は、あまり観なかった。だから、「じぇじぇじぇ」などと言う言葉を知らなかった。能
年玲奈なんて人名があることも知らなかった。確かに彼女はとても可愛い。だが、私
はこのくらいの年ごろの娘たちとはまるっきり関係がないので、取りつく島がなかっ
た。『カーネーション』の尾野真千子や、『梅ちゃん先生』の堀北真希などが印象に
残っている。
『ごちそうさん』の主人公・杏には、私はすっかり魅入られた。最初、こんなに醜い女
もいるのかと思っていた。いかにも〝まずい〟女だった。それが、だんだん美人になっ
た。慣れだろうか？彼女の内から出る思考が一体となって、輝きを増していったよう
に思う。〝どこの者でも、美味しいものは美味しいのだ。〟〝どこの誰でも、いつどんな
時でも食わねば生きていけぬ。〟こういった真理が、説得力を以って伝わってきた。だ
から、主人公たちがちっとも老けなくとも、痩せていなくても、戦争でそんなに悲惨
な目に合わなくても、そんなディテールにとらわれずに観続けることができた。
森下佳子の脚本が良かったのだろう。それほどどぎつい場面を作らないで、ずいぶん

遊生放語 ──── 021

●2014年

と飛躍した展開にしたことが良かったに違いない。キムラ緑子さんにはずいぶんと欲求不満を抱かせられた。こんなイケズもあるのかと感心させられたが、なぜそんなにイケズをするのか？イケズの種明かしを、もう明かしてもよいだろうと思っていても、少しもネタを明かさず、いつまでもイケズであった。観ていても、イライラするし、すっきりしなかった。このすっきりしないところが、1つの成功の秘密であったに違いない。言ってみれば解答のないお芝居が良かったのだろう。1週間で1話が終わるから、そこでめでたしめでたしにならないと視聴者は落ち着かない。一応の締めくくりはあるものの、イケズはまだまだ続いていた。だから、「子供を亡くした親の哀しみは、1年やそこいらで消えるものではない」という名言が真に迫ったのだろう。私は幸い、まだそのような不幸な目には合っていないが、言われた言葉の重みが良くわかった。

不合理で不透明な人生の一部を、この朝ドラは「活写」していたと思う。毎朝、楽しみにしていた朝ドラが終わったので、どういうわけか、今の『花子とアン』は観ていない。

・ facebook.

(2014.04.17)

＊歩：お誕生日おめでとうございます。

いつも気にかけて頂いているのに中々ご連絡できず申し訳ございません。

今年は京都でもお仕事させていただいておりますので、お時間ございます折にでもお会いできれば嬉しいです。

＊邱羞爾：歩さん、お祝いをありがとうございます。そうか、京都に出てくることがあるのですか。いつかデートができたらうれしいですね。

＊利康：生日快乐! 祝您身体健康! 长寿无疆!

＊邱羞爾：利康先生、お祝いをありがとうございます。ただし、「長寿無疆」はいけません。私は、長生きは罪だと思っていますから…。でも、まだ生きていますが…。

＊翔大：先生、お誕生日おめでとうございます。

新書が出版するとのことなので、早く届くのを楽しみにしております。

これからも、毎日元気でいてください。

＊凌昊：先生、お誕生日おめでとうございます！学生祝老师身体健康万事如意！

＊邱羞爾：凌昊さん、ありがとう。元気に勉学にいそしんでいますか？学位目指して頑張ってください。

＊恭美：おめでとうございます！！
土曜日は、よろしくお願いいたします。

＊邱羞爾：恭美さん、ありがとう。19日は特に私は何もしません。5月の出席は楽しみにしています。宿も取りました。

＊純恵：先生お誕生日おめでとうございます。
来週お会い出来るのを楽しみにしています!!

＊邱羞爾：純恵さん、ありがとう。本、ちょっと手違いで来週合研に着くことになるでしょう。よろしくお願いいたします。画廊のことは、何のおもてなしもできませんが……。

＊純恵：本の件、承知いたしました。
久々に先生にお会い出来るのが嬉しいです。

・**facebook**.　　　　　　　　　　　　　　　　　　　　　4月17日 FB

＊卓：先生、おめでとうございます！

＊邱羞爾：卓ちゃん、ありがとう。お久しぶりですね。君はいつでもどこかに出かけているみたいだね。元気に仕事に励んでいるのがうれしいですよ。

＊登士子：教授、お誕生日おめでとうございます。
教授にとって素晴らしい1年になるよう、心より祈っております(^_^)
今の時期は朝夕の温度差が激しいので、体調には十分お気をつけください。

＊邱羞爾：登士子さん、ありがとう。でも「教授」はもうやめてください。もう

やめて2年以上たつのですから。君が新しい社会に自分の位置を見つけることを望んでいます。

＊真宇：先生！お誕生日おめでとうございます＾＾
祝您福如东海，寿比南山！！

＊邱羞爾：真宇さん、ありがとう。君は色々悩んでいる最中なのに、私の誕生祝を入れてくれるなんて、優しい人なんだね。

＊真宇：関大の入試面接で、先生と会話してたこと昨日のように思い出します。だから先生はいつまでも元気でいて下さい＾＾

＊邱羞爾：ありがとう！

・**facebook.**　　　　　　　　　　　　　　　　　　　　　　　　　(2014.04.18)

＊文子：お誕生日おめでとうございます。
私のつたない文章を先生のご本に掲載していただき、本当にありがとうございます。届くのを楽しみにしております。
年を取るにつれ1年が早く過ぎ去るように感じますが、目の前の忙しさに気を取られ、何となく人生を送るのではなく、日々を大切に過ごし、人生を作っていきたいと考えています。
お身体を大切に、素敵な1年をお過ごしください。

＊冠：祝老师生日快乐，身体健康，心想事成！！

・**facebook.**　　　　　　　　　　　　　　　　　　　　　　　　　(2014.04.18)
三恵社から大学に本を送ったところ、あて先を「邱羞爾」と書いたらしい。それで、受け取った大学（文学部）は、もう退職している者なので、気を利かせて邱羞爾の自宅に転送してくれた。それが、17日に届いた。受け取った私は、あわてて三恵社に問い合わせて、いきさつが上記のようだとわかった次第。みんなの善意が却って時間を取ってしまうことになった。

・facebook.　　　　　　　　　　　　　　　　　　　　(2014.04.18)

今日の午前中は、歯医者と眼医者とでつぶれた。でも、眼医者では、眼圧が9と11で、3月よりよくなった。気分がよい。

郵送の手仕事がほぼ終わって、郵便局に持って行った。

・『平生低語』　　　　　　　　　　　　　　　　　　(2014.04.17)

２月から花粉症に苦しんでいるが、最近はますますひどくなった。眼よりもこの頃では鼻がひどい。そうこうするうちに、時は過ぎ行きて、4月17日発行で、やっと『平生低語（へいぜい・ていご）』（三恵社、2014年4月17日、145頁、1834+α円。）が出来上がった。確か、私の5冊目のブログをまとめた本になる。

定年後、2年も過ぎると、生活はマンネリ惰性となり、日々体調の不具合を嘆くようになる。だからと言ってこのような生活を脱するような突飛なことができるわけでもない。「好きなことをやったら？」とか「何か習い事を始めたら？」とか「とにかく家から出たら？」、「料理教室にでも通ったら？」などと言われるが、私は平生の囁きを少しずつ漏らすほかない。

そういう自分のたるみに刺激を与えてくれたのはやはりなんといっても、知人の逝去であった。まだまだ自分の死を実感できないながら、じわじわと生の無常を感じることになった。私が知る人々は皆それなりのエキスパートであるが、私はそういう人の立派な業績をちっとも悟らない迂闊な人間であった。何だか、しまりのない個人的な思い出がよみがえるばかりであった。結局私は、その人と生きた時間を持ったという自己満足を書いたに過ぎないのではないか、とますます自己嫌悪に陥っていたが、ある遺族の方が、それでも、話題にしたことを喜んでくれたので、私は思い切って出版することにした。ますます自己満足である。

でも、その間、鋭い意見や適切な反応をしてコメントに書いてくれた方も多い。私はそういう方々のことを思うと思わず目が潤んでしまう。こんな私にもつながる人がいることを公表することは、決して恥ではあるまい。

可能な限り読んでほしい。

●2014年

＊やまぶん：『平生低語』ありがとうございました。TianLiang シリーズ 13 とあ
るので，13 冊目ですね。何をするにも長続きしない私は，継続することの難しさ
が人一倍わかる気がします。「目指せ100号！」を目標に頑張ってください。
サバティカルが先月終わり，また元の日常に戻っています。些事雑事に塗れる
日々が果てしなく続く感じがします。そういえば，去年旅行でベルリンにいた時，
時差ぼけの夜中，突然「少年不識愁滋味」を呟く自分の夢を見ました。その後の
言葉が出てこなかったので，あれは夢でなく現だったのかも。
お元気で。

＊へめへめ：今日、届きました。ありがとうございます。自分のコメントのとこ
ろを読むと恥ずかしくなります。じっくりゆっくり読んでいきます！

＊邱羞爾：やまぶんさん、コメントをありがとうございました。この手の私の本
としては 5 冊目です。10 冊まで続くかどうか、資金が大問題です。
私は、「而今識尽愁滋味」も、ボケてきて感じなくなりました。こんな深刻な問題
は笑ってやり過ごすしかありません。
先生が本を出される日を待ち望んでいます。

＊邱羞爾：へめへめさん、コメントをありがとう。意外と早く着きましたね。恥多
き人生を、どれだけ歩んできたことか！こういう恥は気にしないで行きましょう。

＊Kモリ：『平生低語』、いただきました。ありがとうございます。巻末のお孫さ
んとの 2 ショット、お二人ともとてもいいお顔で、見ているこちらがほのぼの温
かくなりました。改めてじっくり拝読いたします。

＊邱羞爾：Kモリ君、コメントをありがとう。最後の空いたところにちょっとふ
ざけてみました。あんなに大泣きするとは思わなかったので、良い写真となりま
した。

＊たかたか：『平生低語』ありがとうございました。
早いもので、『蘇生雅語』から一年が経ったんですね。
この一年、先生には可愛らしいお孫さんができるなど、素敵な変化がおありです

が、我が家にはこれといった変化もなく、毎日を過ごしています。

先生の本を通じて、一年を振り返りたいと思います。

ありがとうございました。

＊邱羞爾：たかたかさん、コメントをありがとう。お二人とも元気ですか？

これといった変化がないことは大変幸せなことです。私のように、日に日に下り坂を下っていくと、本当にそう思います。

実は孫は2人目なので、珍しくはないのですが、今度が女の子なので、少々肩入れをしてしまっています。上の子は男の子です。

ご主人によろしく。

＊ガマサン：先生、こんにちは。

お礼が遅くなり、申し訳ありません。

『平生低語』を頂戴いたしました。

ありがとうございます。拝読いたします。

私にとっては、未開の世界のfacebookを活用していらっしゃる先生は、口語で恐縮ですが、すごいです。

今年は若葉マークの私ですが、四十三人を担任することになりました。

今どきの生徒を相手に、いろいろ思うことは多いです。

ところで、先生、今の朝ドラの「花子とアン」は私の愛読書であった「赤毛のアン」の翻訳者村岡花子さんが、主人公なんですね。

毎日見ているわけではありませんが、

村岡花子さんが苦学して英語を学ばれたことは全く知りませんでした。

私は、「赤毛のアン」シリーズで、第四作と第八作のアンを取り巻く人々や村の人々を描いた短編集が特に好きで、大学受験勉強の気晴らしに（いったい何十年前なのでしょうか）何度も読み返していました。

＊邱羞爾：ガマサン、コメントをありがとう。

アンと聞いて、私はすぐガマサンのことを思い出しましたよ。あのころは君も夢見る少女だったですね。優しくて気が利いていて、良くお手伝いをすると言ったら、お母さんがびっくりしていたのを思い出します。

ガマサンも担任になったのですね。気を張らずに自然体でぶつかりなさいね。

遊生放語

今、私はお手伝いで忙しく（というか、疲れてしまって）、ブログの更新もできていません。

---

*みちよ：『平成低語』ありがとうございます。お礼が遅れましたことお許しください。

毎日繰り返される、同居老人とのバトルに嫌気がさす日々に、新しい風を届けてくださったことに感謝いたします。

わたしも、この怠惰な生活に鞭をいれるべく一つでも丁寧な生活ができるようにと、日常を振り返っています。

いつも、先生のブログを拝見しながら、頭に浮かぶのは40余年前のすらっと背が伸び、白い歯ぎらぎらの先生のお姿のみです。これからも、ブログを楽しみにしています。

私も、ブログを始めてみようかなと思う今日この頃です。

---

*魔雲天：昨日、鹿島に帰ると「平生低語」が届いていました。

いつもありがとうございます。

相変わらずブラジルの仕事が続いています。3月中旬に半月間渡伯、4月には逆にブラジルからの研修生を受け入れ、鹿島で実習する間に広島・山口の関連他社工場の見学に行きました。

バタバタしているので、先生のブログにもご無沙汰していると思いきや、頂いた「平生低語」を見ると、先生の内容に思わず反応している自分がいるのが分かります。思わずコメントしたくなる魅力のブログです。また、多くの同級のコメントも拝見でき、先生のブログを通じて繋がっているのを感じます。

ブログ、続けてください。

よろしくお願いします。

---

*邱羞爾：みちよさん、コメントをありがとう。そうか、君も結構しんどくて忙しい生活を送っているのだね。何だかホットしましたよ。

ブログをぜひ始めなさい。1つのリズムになるかもしれませんから。

---

*邱羞爾：魔雲天、コメントをありがとう。忙しいのに…、でも、鹿島に送ったのが良かったのかどうか心配だったから、コメントを入れてくれて安心しました。

本当に君たちのお蔭で、このブログも続いています。感謝、感謝です。体に気を付けて頑張ってください。

通子：娘のところに一週間行って帰ってきたら、平生低語が届いていました。本当にありがとうございます。これからじっくり読ませていただくつもりですが、巻末のお孫さんとのツーショット、こちらの顔もほころぶくらいに、いいお写真ですね。先生の奥様の個展が行なわれていたことも今日になって知り残念です……もうすぐ還暦を迎える身としては、これからの人生をどうやって生きていくか？という＜命題＞にヒントを与えてくださる方々の存在は本当に心強いことです。何か始めてみようかな、と久々の前向き志向になりました。また同窓会でお会いできることを楽しみにしております。

＊邱羞爾：道子さん、コメントをありがとう。お忙しいのに、コメントを書いてくれてうれしいです。久々に「前向き志向」になったとかで、これからが楽しみです。自分の性格に合ったやり方で、焦らずいろいろやってみてください。

· **facebook**.   (2014.04.23)
受付に座っているのも、結構しんどい。

＊翔大：先生、本が無事に届きました。ありがとうございます。

＊うっちゃん：先生、ご本有り難うございました。

· **facebook**.   (2014.04.24)
時間を拘束されるので、余裕が却ってない。体力もなくなっている。

· 馬子にも衣装   (2014.04.25)
22日から京都寺町の「カト画廊」で、仁子の油絵展が開かれた。私も主に受付のお手伝いをした。初めての経験なのでいろいろ学ぶことがあった。
まず、絵そのものがやはりこういう画廊に飾ってみると、家で見るよりマシに見えることであった。額縁によっても絵が引きたつのだが、場所によっても大いに変わることが、初めてわかった。馬子にも衣装である。

遊生放語 ———— 029

飾り方も、結構経験が必要で、彼女の先生・竹口和（たけぐち・かず）先生が指導してくださった。

２階で同時に開催されたのが、一流の画家の作品なので、格段に見劣りする素人芸であるが、そして多くの人が、間違えて入って来たりしたが、それでも、ご好意のある方が多く見に来てくださった。ありがたいことだ。彼女の交遊関係はもちろん、買い物で知り合った人まで、また、趣味の人たちも来てくださった。更には私の関係で来てくださった方もいる。ありがたいことだ。

ここは場所がとても良くて、観光客の人や外国人の人も見てくれる。フランス、オーストラリア、トルコ、タイなど。トルコの夫婦連れなど京都の絵が欲しかったのだろうが、南座を描いた絵を欲しがった。アドレスを書いてもらって、後から送ることにしたが、絵がトルコのイスタンブールに行くなんて、楽しいことであった。

いろいろな人がいる中で、画廊巡りをする人が割と多い。そういう人は慣れたもので、入るなり、挨拶をしてくれ、すぐ芳名録に署名してくれる。そういう暗黙のルールがあるのかもしれない。そして、めったに良し悪しを言わない。目礼して出ていく。あるいは礼を言って。中にはカードを出して、いちいちメモする人や、目をくっつけて舐めるように見てくれる人もいる。かと思うと、絵ではなく、絵に描かれた場所や題目の字についてなどにつき、うんちくを傾けたがる人もいる。ただ、私はまるで良く知らないから、「はあ、はあ」と言うだけなので、張り合いなさそうに帰って行く。絵の鑑賞と言っても、その絵の場所に行ったことがあって、その思い出を語ると言うことも、１つの方法だ。素人の絵としてそれで十分ではないかとも思う。私はただボーっと座っていたり立っているだけなのだが、これが結構疲れる。多くの人に不愛想にしているが、主役は私でないから、当然のことだろう。愛想良くして絵を売ると言うわけではないから。絵は、ど素人の作品だから、欲しいと言う人には差し上げてもらってもらうことにしている。この断捨離の時代にもらってくださると言うのは貴重だ。ただ、そうして決まった作品にはこちらの目安として赤いしるしをつけているので、時には「良く売れていますなぁ」と言う人もいる。

多くの人の援助を頂いて、感謝する。見に来ていただくだけでも嬉しい、と言うか、最大の援助である。中でも児玉幽苑さんには急に「看板」の字を書いてもらうように頼んだ。忙しいのにもかかわらず、快く書いてくれた。とても助かった。お菓子の老舗・柏家宏之さんの娘さんも、特別にクッキーを焼いてくれた。

『京都新聞』と『産経新聞』京都版に、写真入りで紹介されたので、彼女は大いに喜んだが、20年以上も購読している『毎日新聞』は、２階の人のことは記事にしても、

1階の彼女のことは載せなかったので、大いにむくれ、もう『毎日』なんぞはやめだと息巻いている。同じ日程で、同じ場所なのに、こんなにあからさまに素人とプロの差を見せつけられるとは思ってもみなかったのだろう。『読売』は、どういうわけか滋賀版に名前だけ載っていた。『朝日』はたぶん載るはずもないから見ていない。

絵を描き始めて21年間の最初にして最後の展示だ。鬱病から元気になったので、多少「躁」の気味があり、皆様にわがままを言って申し訳ないけれど、この方が私も助かる。そういうわけで、無事に終わることを望んでいる。

・**facebook**.　　　　　　　　　　　　　　　　　　　（2014.04.25）

＊芳恵：先生、今日はどうもありがとうございました。奥様のお人柄が表れている優しい絵の数々、ゆっくり拝見することができて良かったです。奥様の旗袍姿も！体形がお変わりないというのがすごいです。お手製のチェーリー酒に、お土産までいただき、本当にありがとうございました。私たち姉妹はランチの後、甥っ子の大学合格のお礼参りに北野天満宮、文子天満宮、わら天神に行って解散しました。久しぶりに先生とお話ができて、楽しい時間でした。奥様にもどうぞ宜しくお伝え下さい。

＊邱羞爾：芳恵さん、わざわざお出かけくださってありがとうございました。ちょうど混んでいたので、十分お話しできず申し訳ありませんでした。一部、私のブログに書き込んだところもありますので、それを参照してください。学生が可愛いと言うお話が、とても良く、またうれしく聞くことができました。「甥っ子」って、純恵さんのご長男のことですか？おめでとうございます。

＊純恵：先生、本日は有難うございました。
上品で素敵な奥様♡絵心皆無の私はただただ素敵な絵の数々に癒されました。
お土産まで頂き有難うございます。又個展をされる機会が有りましたら、お教え下さい。そして、奥様に宜しくお伝え下さい。
最終日までどうかお疲れが出ません様に…。

＊邱羞爾：純恵さん、こちらこそ、お花やお菓子を頂き、恐縮です。そして、ありがとう。久しぶりに会えてうれしかったですが、ちょうど混みあっていて、十分おもてなしをすることができませんでした。お許しください。私のブログに、展

●2014年

示のことを書いてありますので、お時間がおありの時に、ご笑覧下さい。FB で
はありません。

芳恵さんが「甥っ子」が大学受験に合格したと言っていました。君の「子供 1」君
のことでしょうか？そうであると推測して、おめでとうと言わせていただきます。
純恵さんの顔を見て、なんだかほっとして、また頼みごとができるなと思いまし
た。よろしくね。

＊ひゅん：先生、今日はありがとうございました。20 年積み重ねた素晴らしい作
品の数々を見せていただきました。その上おみやげまでいただき、奥様にもくれ
ぐれもよろしくお伝えください。あの界隈、今日までまったく気が付きませんで
したが、ギャラリーや額縁屋さんなどが結構多いんですね。帰りにまた三条で刺
繍の個展もあり、立ち寄ってみました。よい機会をいただきました。

＊邱羞爾：今日は、わざわざお立ち寄りくださってありがとうございました。気
を付けてお帰り下さい。

＊ひゅん：ありがとうございます！今日の一番の出来事は、先生の素敵な奥様に
お会いできたことです。

・**facebook**.　　　　　　　　　　　　　　　　　　　　　　　　(2014.04.26)

家内の絵を見に来てくださるのはありがたいけれど、手ぶらで来てください。
見てくださることが一番のお祝いですから、贈り物はご遠慮ください。

・**facebook**.　　　　　　　　　　　　　　　　　　　　　　　　(2014.04.27)

今日 27 日、無事に油絵展が終了しました。6 日間で450 名ほどの方が見に来てくださ
いました。皆様に心よりお礼申し上げます。

＊幽苑：慣れない事で、お二人ともお疲れになられたと思います。ゆっくりお休
みください。

＊邱羞爾：幽苑さん：看板の字にお花など、本当にありがとうございました。

・天の時 (2014.04.29)

27日に、カト画廊での家内の個展が、みなさまのお蔭で無事終わった。みなさまに心より感謝する。

今回は、「天の時」に恵まれた。今日28日などは雨が降っているけれど、22日の初日から天気が晴れた。水曜日頃から温度も高くなって、外国人の観光客など半袖姿が多かった。入り口のガラスのドアーを、開け放したままにすることができた。閉じて、自動ドアーをグイと押して入るのでは、面倒くさくてなかなか人は入らない。おかげで、6日間で「芳名録」も3冊目に入った。私はもともと署名することが好きでない。だから、人様にお願いすることなど、一層やれないことであったが、なんと、中には達筆な方がいて、むしろお願いするべきであることを知った。お願いするのが礼儀であるとさえ思った。もちろん、署名して下さらない方もずいぶんいる。だから、概算450名ぐらいは観に来てくれたことになろうか。お花もたくさんいただいた。バラとカサブランカの香りが部屋中に立ち込めた。

それは「地の利」に恵まれたからだともいえる。寺町は随分にぎやかになり、ギャラリーが幾つもできている。1カ所にポツンとあるのは、却って入りにくいもののようだ。ついでに、幾つも経巡れるから、便利なのだろう。かなりの年になった人で、ギャラリーめぐりをしている人が結構多かった。「カト画廊」は、御池通りからすぐ南に下がったところなので、わかり易い。2階は別の、名のある人の第31回個展であったから、大勢の人が観にやってきていた。中にはその流れで、1階のギャラリーを観てくれた人もいる。言うまでもなく、2階の画家の個展を観に来て、間違って1階に来て、慌てて出ていく人もいる。こういう人も結構多かった。私は1階が暇な時に、2階の個展を覗きに行ったりしたが、2階の先生や奥さんもギャラリーが開いたばかりのひまなときに、観に来てくださった。そうすると、結構仲良くなるものだ。向かい側の展覧も覗きに行って、あちらの人もこちらを覗きに来た。向かいには奥にもう1つギャラリーがあって、そこの展示の和服姿の先生も覗きに来た。私が「嵐勢」先生ですねと言ったものだから、驚き且つ喜んでいた。すると翌日から、お互い目が合うと黙礼するようになった。

だが、なんといっても「人の和」が一番大きな収穫だった。本人の友人たちも、埼玉や横浜などから来てくれたし、もともと東京の出身だから、東京の人間も何人か来てくれた。みんな京都見物をきっかけにして来てくれた。彼女が付き合っている人も、猫を介して知り合ったクリーニング屋さんから、同じ「仁子」（読み方は違うが、字が同じ）という縁で知り合った人まで来てくれた。私関係の人も、関大の関係、京都産業

遊生放語 ———— 033

●2014年

大学の関係、奈良女子大付属高校の関係の人まで、来てくれて、私を感激させたものだ。杉村君などは、わざわざ出したばかりの本を贈呈するために画廊までやって来た。そして、児玉幽苑さんは、急遽頼んだ「看板」の字を快く書いてくださった。2つの木彫を彫ってくださった「童心彫房」の大町誠一氏も、ご夫婦で観に来てくださった。町内の人も幾人か観に来てくださったが、正直みな驚いていた。素人芸とは言え、これだけの絵を家内が描くとは思っていなかったからだ。私も25枚の絵を観ながら、良くやったと心で思っていた。同じく70歳代を過ぎ、人生に何の見通しも見えなくなったときに、1つのイベントを催すのは、確かに励みになる。絵だけに限らない。何らかのことごとを公開してみるということは、大変な精力とお金と労力がいるが、そういうことに集中して注ぐエネルギーは、終了してみると、次なる力になることを実践として感じた。恥も外聞もなく、何かをやれる年になったのだろうが、1つの峠を自分で作ることによって、次の峠への歩みができるような気がした。

幸い、あんなにひどく辛かった花粉症が、受付をしていた間は、なんとか我慢できた。そして、今日など、家にいても鼻汁がほとんど出なくなった。目の痒さも、ほとんどなくなった。それで、私は、「良いことをしたのだ。だから神様がご褒美をくださったのだ」と思うことにした。

　＊Momilla：先生、こんばんは。

先日は突然「カト画廊」にお邪魔しましたにも拘わらず、いろいろとおもてなしを頂き、ありがとうございました。6日間に亘り、大勢の人たちが訪れて、さぞお疲れになったことと思います。でも花粉症が治まったのは、本当に「神様のご褒美」なのでしょうね。連休後半を控え、好天の予報もあって京都は観光客でごった返すと思われますが、先生のお住まい周辺は閑静なところもまだまだありそうですから、人通りの少ない早朝の散歩なども気分転換には良いかと思います。

絵心の無い私ですが、それでも奥様の作品は題材も作風も多彩に見え、展示されなかった中にもまだまだ素晴らしい絵もあることでしょう。また機会があれば、改めてじっくり拝見したく思います。

私は大阪生まれなので、京都の悪口を言うことも時にありますが、寺町通りのように画廊や骨董品商が並ぶ通りは、大阪はもちろん他の街でもあまりなく、京都らしい通りかなと思いました。

改めて厚くお礼申し上げます。

＊邱羞爾：Momilla君、コメントをありがとう。君は奈良の人かと思っていたが大阪の人なのだね。とにかくわざわざ見に来てくれて、ありがとう。想定外だったので、驚き且つうれしく思いました。トルコの人が欲しいと言った絵を送ろうと、ある運送屋に見積もりを出してもらったら、25万円かかると言うのでびっくりしました。木箱を作って、最低の保険をかけて、なのだそうです。それで、EMSで郵送しました。100分の1ぐらいの費用でした。うまく届くとよいのですが…。

・明るい5月　　　　　　　　　　　　　　　　　　　　　　　　（2014.05.01）

5月になって、朝も明るくなった。京都では日出は、5時7分になった。今日は曇っていたけれど、午後からお日様も出てきた。午前中のカイロプラクテックの治療を受けている時には、鶯が鳴いていた。ここは、岩倉の里だから、市内よりも北になる。鴨川の柳も、ずいぶんと濃い緑になった。新緑の季節で、フジの花やハナミズキが、きれいに咲いている。わが家の君子蘭も2つ咲いた。

4月はいろいろあって、私の本を出したり、家内の個展があったり、法事があったりと忙しかったけれど、5月も結構忙しい。また法事があるし、結婚式もある。それで、東京に出かけなければならない。義理ある人のことだから、夫婦で出かけるので、結構費用も掛かる。

どちらかというと、外に出ることの方が多くて、それだけ元気だということなのだろうが、実は帰宅すると、へとへとに疲れて夜などすぐ転寝をしてしまう。だから、読書の時間がほとんどない。読まねばならない本が溜まって、積み上げられている。しかもどれも分厚い本なので、なかなか進まない。

こういう中で、ある日、男が訪ねて来て、私に新刊の本を贈呈してくれた。名づけて『続々・悲しき骨董』という和綴じの本である。奈良市のブックハウス制作の本である。驚くべきことに、その第1ページは、「献辞」とあって、なんと私宛なのである。平成26年2月付の3ページにわたる「献辞」に値するものを、私は彼に何をしたというのだろうかと、ただただ恐縮するのみであった。生きているうちに、私宛てにこんな立派な内容の本を献呈していただくのは、まことに光栄である。私は、彼の文章が好きで、好きである以上にその情のある諦念の味わいに感心していた。若くして苦労したその寂寥を、骨董に埋没することによって韜晦

しようとしてしきれぬ、その人間臭さが好きなのである。私の方こそ、知識と生き方を
教えられるというのに、過去の経緯から「先生」と言われるのは、いささか恥ずかしい。
だが、こんな晴れがましいこともあってもよいではないかと、5月の空は明るく諭し
てくれる。ありがとう。

· **facebook**.　　　　　　　　　　　　　　　　　　　　　(2014.05.01)

京都鹿ケ谷にある泉屋博古館（せんおく・はくこかん）に行ってきた。「梅の美術」も
よかったが、常設の「中国青銅器の時代」が素晴らしかった。

＊ドン：青銅器と鏡鑑だけで500点を超えるとか。財力と審美眼を持ち合わせた
住友春翠さん、いい仕事してくれてありがとう（笑）

＊邱羞爾：18日に本を送ったが、まだ届かないか？

＊ドン：まだ届きません・・・

· きっかけ　　　　　　　　　　　　　　　　　　　　　　(2014.05.08)

5日は雨が降っていた。6日は、カラリと晴れたので、少し片づけをしようという気に
なった。天気がきっかけを作ってくれた。何か行動するにしても、天気が良くないと、
やる気が起きない。部屋の片づけなど、天気が悪い方が、どうせ閉じこもってやるので
あるから、都合がよさそうに思えるが、「お天気屋」の私はなかなか動かないのだ。
部屋の片づけと言っても、溜まった本や雑誌など紙類が多い。日本は裕福な国なので、
広告や報告書などたくさんの紙が届く。多くを廃棄処分に回すが、実に贅沢なことで、
資源を浪費しているという意識に苛（さいな）まれる。手紙やハガキなどはありがた
いから、とっておくが、それでも中には取捨選択しなければならないものもある。つ
い最近、87歳になるセイ子先生から手紙をもらって感激したばかりだ。さすがに、孫
6人、ひ孫2人とあった。字がはっきりとしていたので安堵した。また、親切な女性
Zhから、自分の膝の手術後のリハビリの経験を述べ、熱心に水中での歩行を勧めてく
れたものもあった。大変うれしいが、たぶん以前書いたと思うが、私も水中での歩行
を目指してスイミングクラブに申し込みを試みたところ、医者の確認書が必要であっ
た。わが主治医に頼んだところ、この男は「心房細動があって重篤な患者である」と
書かれて、ダメになったことがあった。だから、せっかくの勧めだが、従うわけには

いかない。

7日も良い天気で、布団を干した。2月から患っていた花粉症が、さすがにゴールデンウイークを過ぎるころから良くなってきた。まだ完治したわけではなく、朝晩には鼻がグシュグシュするし、くしゃみもする。喉も痛いし、すっきりしない。でも、格段に良くなってきた。鼻紙の使用量が減った。そういうわけで、布団を干しても構わなくなったと言ってよいだろう。太陽のエネルギーを感ずることは実に気持ちが良い。心優しい裕子さんが、以前私が「紅茶を飲みながら、君のハープ演奏を聴きたい」と言ったらしく、ロンドン土産として紅茶を贈ってくれたので、この頃の朝は、イングリッシュ・ブレックファーストだ。

ところが、整理がなかなか終わらないで、読書に移れない。何のための片付けなのか、どうも途中で掃除などが入って、中断するから、相変わらず右の物を左に、左の物を右に移したにすぎないようだ。きっかけは大事をなすためのきっかけなのだから、早く動き始めた行動にケリをつけて、作者たちの労作に取り掛かろう。でも、そのためにも、また別のきっかけが必要な気がする。

· **facebook**. (2014.05.08)

5月になる前からだと思うが、いつも健康と安全を祈っている「大日如来」様の祠に、鯉のぼりがついた。可愛いので写真に撮ろうと思っていながら、いつも写真機を忘れていた。今日、やっと撮ることができた。ちゃんと5円玉も供わっている。

· **facebook**. (2014.05.09)

今日はうれしいことに、ある人からコーヒーメーカーを贈られた。私はもともとコーヒーを飲まない紅茶党であったが、最近新聞で、糖尿病にはコーヒーがよいと読んでから、コーヒーも飲むようになったので、この贈り物はグッドタイミングだった。

2014年

- **facebook** (2014.05.10)

イリスもナデシコも咲いている。フェンスに赤い変わった花が咲いた。なんだろうと調べてみたら、水葛科の突貫忍冬（つらぬきにんどう）というらしい。

＊幽苑：スイカズラに似ています。まだ蕾？ですね。これからひとつひとつが開くと思います。その時は是非またご紹介ください。

＊邱羞爾：幽苑さん、そうです。水葛（すいかづら）科ですから。まだこれから咲くのですか？　もう、日本にお帰りですか？

＊幽苑：帰国しています。今日は先日の友人が宮川町歌舞練場で踊りますので、同窓生達と見に行きます。

- **facebook** (2014.05.11)

公園のそばを通ったら、スズメが何かをくわえて電線に飛んできた。電線は丸い筒のようなもので一部が覆われているのだが、その筒の中に入って行った。こんなところに、巣を作っているのかと驚いた。
巣と言えば、我が家の母屋のそばに、大きな黄色い黒いマダラの蜂が巣を作っていた。ブーンとうなりをあげて飛んでいる。やむなく、大きな巣を叩き落とした。可哀そうな気もしたが、怖くてたまらないから仕方がない。心臓がドキドキした。

　＊どん：大きな黄色い黒いマダラの蜂って・・・先生が無事で良かったです(;°°)

　＊邱羞爾：どんさん、ありがとう。巣を落としたので、一応成功したようです。

- **自然をめぐって** (2014.05.13)

四季の移り変わりを見ていると、自然の素晴らしさに感嘆する。桜の季節から新緑の季節になり、花々が咲き乱れている。この頃は名前も知らない外国種も増えて、それが見事に家々の玄関や垣根を彩っている。夜には、13 七つの月が皓々と冴えわたっていたりする。

でも、私は臆病で気が小さいから、自然がとても良いと思っているわけではない。自然は猛威を振るって人を襲う。荒ぶる神が自然だと思っているから、むしろ、チマチマした人工の細工の方に信頼を寄せている。考えてみれば、私は人工のお蔭をこうむって生きているからである。心臓にペースメーカーを装填しているなんて、まったく自然に反する行為ではないか。歯だって入れ歯が多い。鼻だって耳だって喉だってみんな手術をした。こう思うと、私は自然などに反する身体で生きているのだから、自然を、もろ手を上げて賛成するわけにはいかない。

つい先日、ハチの巣を叩き落とした。スズメバチらしい蜂の巣で、黄色い色に黒い縞がある大柄の奴で、ブーンと唸りを上げている。この毒々しい色合いを見て、私は自然のもつ脅威を感じた。このハチが、たくさんに増え、巣を大きくしたら、そばを通りにくくなるではないか。刺される危険だってあるに違いない。たとえ私に敵意がなくても、善意であっても、彼らが防衛本能からいつ攻撃してくるかわかりはしない。そう思って、まだ小さいうちにと、巣を叩き落としてしまった。飛躍した考えだが、自然とともに生きるなんて、生易しいことではないぞと、ふと思った。

そういえば、梅の木の虫取りとして、先日殺虫剤をまいた。ゴキブリなどを見つけたら、アースを振りまき、叩き潰すことにしている。ハエも蚊も叩いて殺す。たくさんの虫を、アリを初めとして、殺しまくっていると言ってもよいくらいだ。とても、自然を愛すなどと言ってはいられない。虫刺されには、ムヒなどを塗り、医者からもらった、ちっとも効かない薬（ステロイド系でないから）を塗りたくっている。

昔から、「空にさえずる　鳥の声　峯（ミネ）より落つる　滝の音　大波小波　とうとうと　響き絶やせぬ　海の音　聞けや人々　面白き　この天然の　音楽を　調べ自在に　弾きたもう　神の御手（オンテ）の　尊しや」という歌（というより音楽）があって、この音を聞くと、私は縁日に開かれるサーカスのことを思い出す。木下サーカスのジンタ（音楽隊）が、これを繰り返して、人寄せをしたのだ。また、ちんどん屋がこれを演奏して街を練り歩いたものだ。この歌が、「美しき天然」という歌で、武島羽衣作詞、田中穂積作曲であることをずっとのちに知ったが、私は今でもこの曲の一部を口ずさむ。日本は自然に恵まれ、自然をめでて成り立っていた。美しき天然はいつも我々を引き付けてきた。ただ、その自然は、時には猛威を振るうものであることを21世紀の我々は、しっかりとかみしめざるを得なくなったと言えよう。

・心優しき声　　　　　　　　　　　　　　　　　　　　　　　　　（2014.05.18）

私の『平生低語』を送らせてもらったところ、多くの方から返事を頂いた。中には早速、

私のブログの「コメント」として書き込んでくださった。ありがたいことだ。そのほか、手紙やハガキをくださった方もいる。どれも、嬉しい言葉に満ちている。それも、心を込めての言葉だから、私は自分一人のままにしておくのはもったいないと思った。そこで、勝手ながら（いちいち許可を取っていないのだが）、ここに公表しようと思った。もちろんそれは、私の自慢なのだが、そればかりではない、人と人との優しいつながりがあるように思えるからだ。名前をイニシャルにし、一部の語句を変えたが、それぞれの方のお許しを乞う次第である。本当に、心に響く言葉をありがとう。

5月5日　Y.Ch.

（略）お送りいただいた『平生低語』早くに頂戴しております。有難うございました。お礼を差し上げるのが遅れ、先生には、届いていないのではないか、とご心配をおかけしたのではないか、と申し訳なく思っています。

私は邱羞爾さんのブログのいい読者ではないので、今回のご本に書かれている文章は、ほとんどが初めて読むものですが、読み進めながら、とても新鮮な印象を受けています。感想を２つ書きます。

最初の感想は、邱羞爾さんとブログの愛読者とが強い（深い）関係で結ばれているな、ということです。それは同業者として本当に妬ましいほどです。多くはゼミの学生さんや、高校教師のときの生徒さんたちのようですが、みなさん邱羞爾さんに深い敬愛の念をもって接しておられ、邱羞爾さんの方も、一人ひとりの読者に愛情をもって応対しておられる、そのことが読んでいてよくわかります。いいな、うらやましいな、というのが、私などの率直な感想です。師の文章と、それを読んで感想を述べる学生の、味わい深いやりとりから浮かんでくる、うらやましい師弟関係を、邱羞爾さんはどうやって築いてこられたのでしょうか。以前、大学教育の一つの見習うべき鏡、という印象をもった記憶がありますが、今回また同じ感想がよみがえってくる気がしました。

次の感想は、邱羞爾さんの、老人としての自覚からくる心境や身体の具合、ものの感じ方、といったものについてです。これまで邱羞爾さんの著書や論文からは文学研究上の考え方の基本（ものの見方や感じ方、あるいは他人の著書や論文の読み方、といったことですが）を教えてもらいました。『平生低語』からも、文学研究の心構えを教わったという気がしていますが、そのこと以上に、われわれがじじいになっていく場合の心構えを教えてもらったような気がしています。邱羞爾さんの文章を読んで、なるほどこういう場合はこういうふうに感じるものな

のか、とか、ふむふむ俺の感じていることはそういうふうに言えばいいのか、といった、私には思いがけなかったり、自分には資質的に欠けている感情（しかしとても大切な感情）の存在に気づかされることがありました。まあ、私にとっては「老人感情教育入門」の性格をこの本は備えていることになります。

感想はもっとありますが、これぐらいにしておきます。褒め言葉ばかり、と思われるかもしれませんが、私はとてもいい読後感をもちました。こういう人が、私の友人でよかった、というのも正直な感想です。

　お礼が遅くなりましたが、実は、私はいまスランプなのです。スランプは何回もありましたが、今回はちょっと長かった。3月31日退職辞令を受け取ってから、1カ月無為徒食、誠に自堕落な日々を送っていました。5月1日が私の誕生日なので、これを機会に少年のように大いに反省して、少し生活も立て直し、『平生低語』なども読み、こうして、感想だけを書きました。いずれまた。

＝＝＝＝＝＝＝＝＝＝

5月3日　X.X.（略）一昨日の夜，『平生低語』を拝受しました．私にまでご恵贈下さり，お礼を申し上げます．一通り拝読した後でお礼を，と思いながら読み始めたところ，見た目は手軽な判型ですが，充実した内容で，大学への往復の時間を足しても読み終わらず，先程ようやく読了いたしました．この連休は，来年8月に神戸で開催する国際シンポジウムの論文審査に忙殺されているのですが，手間のかかる用務を先送りする癖がここでも出て，読み始めると誘い込まれるようについ読み進んでしまいました．思わず膝を打つようなお話しが次々と展開し，例えば，p.24の海原さんのお話（私も毎週読んでいます）など，私がここしばらく実現の方策を模索している仕事（自治体の政策選定に住民が主体的に関わるしくみづくり）にもつながる考え方で，大変興味深く感じました．

また，私たちの学年について書いておられる箇所や，学生の頃住んでいた浄土寺・神楽岡界隈（学部の時は真如堂前町に，修士の時は浄土寺東田町に下宿しており，銀水湯や銀閣寺湯に通っていました）について描写しておられる箇所などは懐かしさが蘇ってきて，何度も読み直しました．中でも，p.87の私の性格（人格？）に対する寸評には恐れいりました．まったくその通りで，いまだに母親からも言われており，お見通しなんだなぁ，と襟を正す思いです．

拝読しながら，なぜ，このように心地よく読み進んでいくのかとふと思ったのですが，"押しつけがましさ"がないことがひとつの理由のような気がしました．一人称で書かれてはいますが，多分，先生を外から見ておられるもう一人の先生が書

いておられるんですね。批評するようで大変失礼なもの言いではありますが，学ぶことの多い一冊でした。（略）「まえがき」と「あとがき」を読んで，さっそくブログにもお邪魔してみました。

以上，駄文を弄しましたが，とり急ぎお礼を申し上げます．

＝＝＝＝＝＝＝＝＝＝

4月25日　M.W.

お久しぶりです。（略）先日、先生から「平生低語」をお送り頂き有り難うございます。

昨年の二学年の同窓会の日の文章、大変楽しく読ませて頂きました。多くの生徒の名前とやり取り。非常に多くの卒業生との会話や印象。びっくりしました。48年卒生のときはいろいろ学園紛争があって、ご苦労されただけに、名字より名前の文章。一方54年卒は中学2年の1年間の担任だったので、名前より名字の文章。それにしても、ものすごい記憶力ですね。私など到底ついていけません。

また、お孫さんの写真と爺バカのページ。私も3人の孫（それも3人とも女の子）には、めろめろ。叱るどころか、いわれるまま、使用人のごとく喜んで相手をしています。そして、半月も見なかったら、気になって気になって…。我が息子2人を相手するときとは、大違い。同居していないだけに、仕方がないのでしょうね。とりとめのないメールになりましたが、またお会いする時を楽しみにしています。本当に有り難うございました。

＝＝＝＝＝＝＝＝＝＝

4月23日　B.Zh.

（略）ご無沙汰しておりますが、お元気ですか。この度は『平生低語』を御恵送下さいまして有難うございました。

拝見致しますと、何だか「命の日録」といった感じですね。のほほんとした私などがひとごととして読んでよいものか、と思った次第です。昔の教え子さん達は、品性と知性の高い方の集まりで、掛け値無しの先生の応援団なのですね。先生は得難い幸せに恵まれていらっしゃると思いました。うれしい最高のニュースはお孫さんの誕生ですね。かわいい笑顔を直に見られるなんて、これも得難い幸せです。だけど、最後の写真は何ですか。もっと胸に深く抱いて優しく眼を見てあげれば笑顔を返してもらえたかもしれないのに（妄言多謝）。

（略）

＝＝＝＝＝＝＝＝＝＝

4月22日　Sh.D.

やあやあ、邱羞爾さん：

『平生低語』を拝受、まことにありがとうございました。まだぱらぱらとめくっただけなのですが。

病躯を抱えて、なおもことばを紡ぎつづけ、ことばによる交流の輪を広げておいでのことに、ただただ敬服します。輪の中心である邱羞爾という人物は、いったいどういう吸引力をもっているのか、吸引力が湧き出る源泉はどこにあるのか、いずれ誰かが解明してくれるでしょうか。

「私の人生は何であるのかといった根本的な問いかけ」は、わたしの脳裏にも現れては消え、現れては消えしますが、答えが見つかるはずもなく、見つけようと考え続けもしておりません。問うことで、終末が近づくようにも思います。

お孫さんの写真で最後を飾るというのも、ほほえましいですね。（略）

＝＝＝＝＝＝＝＝＝＝

4月22日　F.J.

（略）昨日、思いがけず素敵な誕生日プレゼントを頂きました。偶然でしょうが、誕生日当日に頂いたので二重に嬉しく思いました。ありがとうございました。

ブログをなさるのも、それを本にまとめられるのも手間のかかることなのだろうと拝察します。けれども、日々流れていく無情な時間の中で、自分の考えや思いを言葉にして、それを人と共有することで、時間を残せるように思えます。私などは少し前のこともとんと思い出せず、時間と共に全て流れて何も残らない日々です。大切に読ませていただきます。

（略）

＝＝＝＝＝＝＝＝＝＝

4月22日　G.W.

（略）連絡が遅くなりまして申し訳ございません、届きました。ありがとうございます。

これまでもブログ拝見させて頂いていたのですが、改めて読ませて頂いて、先生の飾らないお人柄にとても癒されています。

最近は、いわゆるSNSが浸透し、個人の体験を自慢げに語る風潮に嫌気がして、FBからも遠ざかりつつありました。

また気になる話題がありましたらコメントさせてください。

＝＝＝＝＝＝＝＝＝＝

遊生放語　―――― 043

2014年

4月22日　Sh.D.

本日、帰宅すると「平生低語」が届いてました！

ゆっくり読ませていただきます。

2005年の卒業以来お会い出来てませんが、こうして繋がりを持てていることに感謝です。

＝＝＝＝＝＝＝＝＝＝

4月20日　L.Y.

お元気でお過ごしでしょうか。『平生低語』を拝受しました。日頃からコツコツと知的なことを発信されていて、また、率直な感想もあったりと、ついつい引き込まれて読んでいます。

「竹内先生－文章の人」のところなど、涙がホロリとなりそうです、、、

G大学にお世話になり、新学期で、とても慌ただしいですが、今日は先生のご本で、少しホッとしました。

お体を大切に、もっともっと活躍してください。またお目にかかる時には、ゆっくりとお話を聞かせてください。感謝を込めて。

＝＝＝＝＝＝＝＝＝＝

4月19日　J.Sh.

（略）今夕、贈ってくださいました『平生低語』拝受いたしました。ありがとうございます。

毎回ブログで拝読しておりますが、こうして一冊の本になりましたのを拝見いたしますと、継続するということは並大抵のことではないと感嘆いたします。

最終ページの先生に抱かれたお孫さんのお顔は、目元が先生に良く似ていらっしゃいますね。先生の柔和な笑顔が印象的でした。　とりいそぎお礼まで

以上のほかにも、直接手渡しした〝我が名医〟は、「あなたの文章は難しい内容をわかり易く書いている」と評価してくれた。さらに、「この本は面白そうだから、借りて帰って家で読みます」と言って持ち帰った受付の若き女性もいたと、カイロプラクティックの先生が言ってくれた。彼女の顔は一度見たことがあったが、はっきり覚えていない。でも、これは大変嬉しいことで、身に余る光栄と言えるではないか。

·facebook.
(2014.05.20)

今日は、高校の時の友人が大阪に来たついでに我が家にもよってくれて、楽しく話し、

少し飲んで、横浜に帰って行った。

・含羞の人

(2014.05.23)

春になれば、自然の慣わしとして、蕗の薹が頭を出し、ツクシンボウが首を出すように、人も年を取れば、エゴが首をもたげる。そういうエゴを隠ぺいして生きてきたのに、ムクムクと頭をもたげて隠しようがなくなってくる。まるで竹の子のごときだ。恥ずかしいことだが、一方では、それに拍車をかけるように、意義を認め励ましの声をかけてくれる者もいる。そういう人生こそ面白いのです、と。ここには、善意がありこそすれ、悪意はない。だから、つい蒼顔を崩し白髪に手をやり、「いや〜っ」と締まりのない笑顔をさらけ出す。私は自分のことをこのように見做している。

でも、七十七の喜寿を迎えた先輩は、才能があって、深奥なる学識があるから、そういうテライを俳句や文章に練り上げた。それがこのたび出た『喜寿句文集　野路ゆるやかに』（好文出版、2014 年 5 月 20 日、214 頁、1,200+ α円）だ。

頂いたばかりなので、ざっと句集の部分だけを見た。俳句を鑑賞する力が私にはない。特に俳句の背後の状況説明がないと、私には何が何だかわからないという程度の鑑賞能力しかない。そんな私の感想は、言っても言わなくてもよいようなものだが、「流れ星中国」には、いくらか共通する実景を見た記憶があるせいか、感ずるものがあった。

〝かささぎの巣のあらわなる寒さかな〟、〝城楼（じょうろう）の鋭角の影月凍る〟などには、初めて住んでみて、生活の中から見た実景が映し出されている。北京の友誼賓館の中庭の木にかけたる巣を、冬の朝まだきに見た凍てつく状況がありありと思い出される。城楼の鋭角の月だって、そうだ。異様に張りつめた夜の不可思議な初めて見る光景がまぶたに浮かんでくる。冬の夜というのに、私には色彩豊かな絵が浮かび上がる。作者の「中国」は不思議な初体験の感動に満ちているのだ。〝国境を越えて消えたる流れ星〟なんて、一見すると平凡な作に見えるが、その夜、立っていた作者の位置を思い浮かべると、今までに経験したことのない土地空間に存在している自分に対す

遊生放語　045

る驚きと感動とが伝わってくる。

作者は「まえがき」で言う。〝自然の摂理には勝てないが、自分の番は極力先に延ばしたい。…。〟〝…。となれば、見栄のこころがつい先に立つ。〟と。

本当はもう少し長く引用して、作者の意をくまねばならないのだろうが、私には、このように生に誠実で正直な、含羞の人の言葉を感じ取れば十分だ。じっくりと、自分の〝今〟と照らし合わせて、読み進めて行こうと思う。

· **facebook.**

(2014.05.25)

1泊2日で、法事と結婚披露宴とに参加してきた。東京と横浜だ。

1つは、とても疲れた。その理由として駅にエスカレーターやエレベーターがないことがある。エスカレーターは、あっても上りしかないことが多い。だから、重いキャリヤーを引っ張りあげて上り下りしなければならないことが多かったのだ。特に関東の地下鉄は深い。

2つは、奇をてらわない素朴な感情が、何にもまして強いと思った。姪の結婚披露宴だが、彼女が初めての女の子であったので、父親たるわが弟が可愛がって、それは大変なものだった。ところがその彼女は年頃になると猛烈な反抗期で、父親を毛嫌いした。それがまた、結婚するとなると、父への感謝で涙ぐむものだった。素朴な父への手紙を涙につっかえつつ読み上げると、あの親父が涙にむせんだ。父娘の情の純なありようを見せつけられたと言ってもよい。

人としての大事な冠婚葬祭の行事を4月に1回と5月に1回行なった。ひとまずやり終え、やれやれと言ったところだ。

＊へめへめ：お疲れさまでした。ケガさえしていなければ、荷物持ちをしたのですが……。

＊幽苑：キャリーは便利ですが、階段の上り下りは大変ですね。お疲れ様でした。

＊邱羞爾：へめへめさん、ありがとう。君の怪我がどのようにしてなり、今どうなっているのか、良くわからないけれど、まず自分のことが大事ですから、どうぞお大事に！

＊邱羞爾：幽苑さん、ありがとうございます。おっしゃるように、階段の上り下

りが大変でした。老舗の有名な駅ほど、電動化が遅れているのです。

・facebook.   (2014.05.28)

とうとうというか、やっと読み終わった。もう何か月もかかってしまったので、肝心の中身をよく覚えていないのだけれど、有意義な本であることは確かだ。

王輝著、中路陽子訳、橋爪大三郎、張静華監修『文化大革命の真実　天津大動乱』（ミネルバ書房、2013年5月、661＋38ページ、4,800＋α円）

中国のみならず、どこの国家も、実際の運営を支えているのが実務家（中国語の、実干家）であることがよくわかる本だ。訳者が言うように、文革の「静」なる一面がよくわかる。

訳者による注と、語句や人名の解説の労力には頭が下がる。ただ、やや誤植が多い。陳芸謀のように（659頁）。

・新緑の5月   (2014.05.30)

ここ数日、京都は32度を続けている。今日など33度だ。真夏日の連続だ。さすがに、寒がり屋の私も、ガスストーブを仕舞い、半袖シャツにしている。散歩に出かけるときには、いきなりTシャツ1枚になって出かける。それでも帰ってくると汗びっしょりになる。今度は扇風機を出した。

緑の色を濃くして東山も哲学の道も、すがすがしいが、だんだんムーッとした空気が広がる。この暑さが過ぎれば、梅雨がやってくるのかもしれない。私の家の近くには、幼稚園や保育園があるので、若いお母さんが自転車で颯爽と走る。中には、前にも後ろにも小さな子供を乗せている。それどころか、さらに胸に抱っこ紐で赤ちゃんを抱いている人までいる。元気のよいお母さんを見ていると、気持ちよくなるが、こういうお母さんは、十字路でも止まらずに突っ走るから危険極まりない。

5月は、いろんなことがあったが、頂き物も多かった。まず宇治の新茶を頂いた。お茶は淹れ方が難しい。それでも、大事においしく飲んでいる。また、中国のお酒を頂いた。この中国のお酒は、ある人との1年前の約束の酒だ。もらい物があるから、好きならあげるということだった。約束通りに届いた荷物を開けてみたら、なんと高級酒で、今はなかなか手に入らな

いに違いない。習近平氏が主席になって一躍有名になった「習酒」と、茅台である。どちらも「白酒Baijiu　バイヂォウ」という蒸留酒で、53度もある。私はこれをガラスの小さな杯で、2、3杯飲むのが好きだ。

さらに、コーヒーメーカーまで頂いた。最近、私がコーヒーを飲むことを知った人が下さったのだ。コーヒーは、独特の良い香りがするし、濃い味はなかなかのものだ。以前、心臓のカテーテルをした時、その医者が、コーヒーか紅茶のどちらか1つにしなさいと言った。それ以来、もう35年以上も紅茶党として過ごしてきた。しかし、最近新聞で、糖尿病にはコーヒーが良いと書いてあったので、コーヒーを意識的に飲むようにしていた。と言っても、毎日コーヒーを飲むわけでもないから、そして牛乳をたっぷり入れて飲むから、モカだブルーマウンテン、ブラジルだとうるさいことは言わない。というか、言えない。お茶にお酒にコーヒーに、最近ではベーコンと玉ねぎまで頂いた。新玉ねぎの可愛い小さな玉に、ベーコンと一緒にスープ煮にして舌鼓を打っている。

友人が来て、楽しく帰って行った。その彼は、お礼にと和菓子を送ってくれた。高級な和菓子だ。糖尿病の人には申し訳ないなどと言いながら、甘いものを贈ってくる。友とはそんなものなのだろうと思いつつ、3時のおやつに頂いている。4月から、頂いたクッキーやらケーキやらで甘い物漬けになっていたが、先日の血液検査では意外に数値が上がっていなかった。それに気をよくして、食後すぐならば良いのだなどと言って、甘いものを食べている。今度の検査結果が恐ろしいくらいだ。

華やかな5月には、法事と結婚披露宴とが重なったのだが、そういうわけで、読書の時間がなかなか取れなかった。読書というのはかなり集中した精力が要るもので、時間があれば読めるというものではないこと、やっとわかってきた。毎晩のようにベッドでページを開いていたが、すぐ眠くなって、何か月もかかった本『文化大革命の真実　天津大動乱』（王輝著、中路陽子訳、ミネルヴァ書房、2013年5月30日、661+38頁、4,800+α円）を読み終わった時は本当に良かったと思った。この束縛からやっと逃れられたような気がした。本が面白くなかったわけではない。本はとても有意義な本なのだが、こちらの精力が無くなっていたということだ。本に対する勢いというものが、そういう緊張感がなくなっていたということだろう。だから、感想をまとめる気力がない。おまけに、『中国研究月報』2014年4月号に、中津俊樹氏の書評が載っていて、主な要点はすべてあげられている。私が感じたこと、たとえば、この本では、周恩来について彼の悪業も書かれているということも、中津氏はうまく言及している。周の悪業とは、「四人組」にくっつき江青を持ち上げたことである。著者・王輝が官僚

でもなく、ただの「僚」（＝役人）であって、「僚属」（＝木端役人）をつとめていたに過ぎないから、そういう視点のユニークな文革論であるという指摘もなされている。1つだけ私が強調しておきたいことは、文革が経済的崩壊をもたらしたというのは正確ではないとこの本が統計資料で示したことだ（488－489頁）。むしろ1967年と1976年（唐山地震）を除いて、緩やかに経済的上昇を続けていたことを示したことだ。そして、このことは実務家が社会を支えていたことを如実に示すものであった。中国語で言う「実干家」（＝実務者）が何時の時代も世の中を支えていたことを我々に知らしめる。監修者の橋本大三郎氏の「解説」も簡潔で要領よく、文革のことが良くわかった。訳者の中路陽子氏の苦労も、「訳註」「頻出語句註」「主要人名註」などにも表れていて、敬服する。

＊魔雲天：先生、おはようございます。

急に暑くなってきました。

我家でも今朝はファンヒータを物置に片付け、代わりに扇風機を引っ張りだしてきました。東面の窓辺に植えたゴーヤの勢いが出てきたので、緑のカーテン用の網を立て掛けました。朝の一仕事を終えて先生のブログを見て、思わずニヤリ！先生のところも一緒だ！

読書は最近の話題作を気軽に読み飛ばし、簡単なレビューを書いてMLに投稿しています。情報が溢れる中でなかなかいい本には出会えませんが、ちょっとでも仲間の参考になればと思い、続けています。

コーヒーは仕事の関係でブラジルの豆を飲む機会が増えていますが、最近、フレンチプレスという紅茶と同じ淹れ方で飲んでいます。なかなかいけますよ。

先生も一度、お試しあれ！

＊邱羞爾：魔雲天、書き込みをありがとう。本当に今日は暑くなって、扇風機を出す日としてグッドタイミングでしたね。京都は33.6度だったそうです。

魔雲天の読書レビューは、特色があって面白い。私は例の「私のための…」で見ただけですが。私は、MLには参加しないことにしています。そういう抜けたところがなくてはね。

コーヒーはブラジル…と思っていたけれど、紅茶と同じ淹れ方もあるのですか？それは一度試してみなくてはね。ただし、私がコーヒーを飲むのは、この頃は、コーヒーメーカーをくださった素敵な女（ひと）のためになっていますから、魔

雲天の勧めでも、おいそれと従うとは限らないのだ。ご容赦のほどを…。

＊魔雲天：先生、おはようございます。
そうですか！
コーヒーメーカーをプレゼントされたのは、素敵なひと（女性）でしたか！
「素敵な女（ひと）」っていうところも先生らしいです。決して「素敵なひと（女）」
ではないですよね！
そういう先生の「まだまだ枯れていない」ところや、「抜けたところがないと」と
いうバランス感覚が私は好きです。私も先生みたいなバランス感覚を磨きたいと
思っています。
それにしても、先生がブログでコメントバックしてくださる時間には、私はすっ
かり「夢の中」だというのも、面白いものですね。

＊邱羞爾：魔雲天、いや〜、びっくりしたなぁ。私には「素敵な女（ひと）」はた
くさんいるし、「素敵な男（ひと）」もたくさんいる。もっとも、男の場合は「素
敵」とは書かないかもしれないけれど…。魔雲天の「夢の中」に色っぽいことを
書いて申し訳ない。もっとも、夜がなかなか眠れず、昼間にウトウトしていると
いう典型的な○○症になっているにすぎないのだけれど。
爽やかな新緑のような魔雲天の文章に、私の方こそ、心洗われるような気分だ。

＊満点星：急に暑くなり、身の回りも自分自身も季節の変化に上手くついていく
ことができずにアタフタしています。
先生、いつの間にか珈琲党になられたのですね。
先生の研究室にお伺いすると、いつもまず紅茶を入れていただいたことを今でも
懐かしく思い出します。
なので、先生と言えば「紅茶」というイメージがありました。
白酒の味をちょこっと楽しみつつ、爽やかな新緑の後にやって来る鬱陶しい梅雨
をちょこっと笑顔で乗り切ってください。

＊邱羞爾：満点星さん、まず、トラックバックについては消去しましたから、ご
心配なく。もっとも、リンクと同じようなものなので、特に消去しなくても良い
ようでしたが…。

それにしても、良くコメントを書いてくださいました。満点星なんてきれいな名前ですね。元気ですか？ご家族の皆さんも元気ですか？

そう、コーヒー党になったのは少し後ろめたい気がしますが、紅茶も相変わらず飲んでいます。ウーロン茶もロンジンも、緑茶も番茶も、家にあるものはみんな飲んでいます。頂いた水茶なんかも飲んでいます。今は、2012年3月に卒業記念に頂いたお茶を飲んでいます（桜の香りの紅茶）。だからでしょうか、おなかがデブデブと大きくなって、臨月を過ぎて13か月ぐらいになってしまいました。そのうえ、これから暑い時には、ビールですからね。鬱陶しい梅雨の合間に、ビールを一緒に飲むひとが欲しいなぁと思うこのごろです。

·facebook.

(2014.06.03)

このところ、足がつって痛くてたまらない。寝ているときに良くつって、痛さで起きてしまう。以前は寒さのゆえだろうと言われていたが、この頃のように暑くなっても、相変わらず足がつることには変わりがない。それどころか、昨日など、夕方から足がつってしまった。10分以上続いて痛い。足指がそっくり返ることや、ふくらはぎが硬直するのは普通のことだが、足の下側のすねなどがおかしくなると、大変痛い。原因がわかれば対策も施せるが、どうしてだかわからない。唯一の対策としては足がつりそうだという予感がする時の、寝る前に薬を飲むしかない。主治医は、お前は脊柱管狭窄症だから…というだけだ。それにしても、歩くのが億劫だ。立っているのもけだるく感じるし、まして歩くのは"しんどい"。"しんどい"と言いながら、歩いているが、これは同じコースなので習慣的に歩けると思う。でも、いつも会う奥さんに「偉いねぇ」と言われるのが嫌で、また同じ奥さんに同じことを言わせるのも芸がないと思って、歩くコースを変えている。

＊幽苑：私の父も生前糖尿病で、いろいろなところにその影響が出ていました。足がつるのもその一つかも⁉

しかし、これからの季節、水分と塩分を上手く摂るようにしないと、足がつったり、こむら返りになったり、最悪は熱中症になったりしますね。先生もくれぐれもご自愛ください。

＊邱羞爾：ありがとうございます。そうですか、糖尿病の影響なのかもしれないのですね。ということは、腎臓がよくないこととも関係があるのですね。なんだ

●2014年

か、痛いかゆいと言いながらの生活になりました。

・**facebook**. (2014.06.04)

今日で、一応歯医者が終わった。左下の奥、8と7の歯の虫歯と歯周病の治療だった。

・人の情 (2014.06.05)

文章の力とは愛情の強さによると明確にわからせてくれた文章を読んだ。その文章が載っている冊子をもらったのは、4月のことだから、そしてその文章が載ったのは、2014年の2月号だから、長いこと他者の愛情に気付かずにいたわけだ。
その文章とは、「制作者研究＜テレビの〝青春時代″を駆け抜ける＞【第4回】萩野靖乃（NHK）～泣いて笑って、社会の深層（リアル）を撮る～」（七沢潔著、『放送研究と調査』2014年2月号、66-92頁）である。
これは、恥ずかしながら、我が兄貴のことを論じた文章だ。身内のことなので、読むのに気が進まず、今日まで至ってしまったのだが、正直、その熱っぽい文章を読んで感激した。それで、思い切って紹介しようと思う。
この文章で、七沢潔（ななさわ・きよし）氏は、萩野靖乃（はぎの・やすのぶ）のディレクターとして制作した番組の主なもの17編を挙げる。兄が制作した番組は、数多くあるが、七沢氏はドキュメンタリーに集中する。そのドキュメンタリーもすでにNHKアーカイヴ室にも残っていないものもあるので、それを兄の家や、その他の資料室で可能な限り再現して鑑賞した。このことだけでも、頭が下がる。そして、著者は、萩野靖乃の番組の多くに、貧困や差別、地方出身というキーワードが含まれていることを指摘する。そこに、萩野の社会に対する怒りがあるのだが、萩野が傾倒していた大島渚とは違って、「素朴でストレートな怒り」であることも指摘する。「マルクス主義の洗礼を受け、階級闘争観をもつ大島と、安保闘争に参加こそしたが、元々ノンポリであった萩野」とは違うことの指摘である。
私は映像がわからない。ドキュメントがどういうものかもわからない。〝映像のわからぬ奴″と兄・靖乃にさんざん言われた。だから、七沢氏が『ののこたち』（1973年1月15日放送）について言う、「…社会の片隅にいる弱きもの、小さきものへの眼差しがあり、彼らを傷つけるものへの怒りがある。ただしそのことは、かつてのようにスト

レートなコメントで表面化されることはない。むしろ日常の中に起こる小さな出来事を映像で、同時録音で、きめ細かく追うこと、つまり＜リアル＞が描かれる中で身を潜めている。」という言葉に納得する。

その後、大阪に転勤になった萩野靖乃は、ドキュメンタリーの草分け的制作者である小倉一郎氏と出会って、「一段と濃いルポルタージュを連作」した。1975 年 10 月 30日放送で、芸術祭優秀賞を受賞した『救急指定　私立 S 病院』は、「自分の足で捜し、自分の目で確かめ」た作品であったという。だが、七沢氏は萩野にはさらに「自分の責任で語る」にこだわったという指摘もする。その結果できたのが、代表作『NHK 特集　密航』（1980 年 5 月 16 日放送）だという。これは、「東京の法務省入国管理局、大村入国収容所、それに密入国者が多く住む大阪の入国管理事務所。萩野は 3 か所の窓口に足しげく通った。足かけ 3 年、取材者は萩野一人、いまのようにプロジェクト体制をつくり数人で手分けするようなやり方ではなく、〝一つ一つ薄皮を剥ぐように取材〟していった。」…「浅からぬ、ねじれた歴史をもつ隣国からの『密航』の実態を描きながらも、萩野はそこに人間の生き方、営みの重みを見出していた。50 分の NHK特集という制約を受けながらも、密航者にむける萩野のまなざしと思いは、自らの声で語るリポートによって視聴者に伝わったであろう。因みにこの番組の視聴率は 15.1%。いまであれば大ヒット、当時の NHK 特集としても高水準であった。」

だが、萩野靖乃にとって重大な問題は放送後に起こった。在日韓国人らしい男性が、「民族を侮辱している」と抗議してきた。「在日でもないお前がね、俺たちの世界に土足で上がってきて、ぐじゃぐじゃやるのは一体どういうつもりなんだ」と言われた。これがその後 30 年余にわたって続くトラウマとなった。「番組の放送から 30 年後のある日、萩野はこの番組を研究の一環として見た日本生まれの在日韓国人 3 世の大学院生にヒアリングを申し込まれた。」彼女は「萩野にこう告げた。〝番組を見て感動しました。30 年も前に萩野さんのように、在日韓国人の人権問題に真正面から取り組んで、しかも自分の言葉でリポートされた日本人の制作者がおられたことは驚きでした〟」と。彼女の「密航者たちの人権問題を〝自分の言葉〟で語った萩野の姿勢そのもの」に対する「評価」は、「一つの癒しをもたらした」だろうと、七沢氏は推測する。

七沢氏の文章は、「死の直前まで続くトラウマとなる、ある事件との遭遇」まで続く。事件とは、「NHK スペシャル『禁断の王国・ムスタン』主要部分　やらせ・虚偽」と1993 年 2 月 3 日に『朝日新聞』は一面トップに取り上げたことである。1992 年に NHKスペシャル番組部長に就任した萩野靖乃は、川口幹夫会長の「体制の根幹をゆさぶられないようにするために」…「捨石とな」って 2 月 10 日に辞表を提出した。やらせ・

遊生放語──────053

虚偽を認めたのである。

七沢氏は、「地位に恋々としない、萩野らしい潔さである。だがこれは安直に組織人となったことへの〝後ろめたさ〟と上司たちへの不信感の間で悶々と、ドキュメンタリーの制作に活路を見出した〝青春の原点〟からは隔たった、組織人としての処世に殉じた萩野の姿であった。」という。ドキュメンタリーは、「〝ありのままの事実〟の提示だけではなく、再現や演出をふくむ様々な手法を用いて作者が伝えたい〝真実〟を伝える行為」であるという今野勉氏の著作に、萩野は全面的に賛同し、今野氏に面会し、自分の意を伝えたという。だから、萩野は、「必然性のある、適切な＜状況設定＞によって、目の前にありながら表面化していない＜真実＞を浮き彫りにする演出がドキュメンタリーには存在することがわかっていたはずである。」と七沢氏は書いて、萩野靖乃が全面的に沈黙し、解任されたことを悔しんでいる。

兄・萩野靖乃は回顧録の執筆に向かったが、2012年4月20日に完了にたどりつけぬまま、ガンで亡くなった。「遺稿は『ののこたち』のカメラマンだった戸田桂太（氏）など親しい友人たちの手でまとめられ、フィルモグラフィや私たちの行（な）った2010年のヒアリングの起こしも加えて、1冊の本にまとめられた。／そのことでいま、私たちは」…「萩野の中で生まれ、生きてきたいくつもの＜物語＞を知ることができる。それは萩野を直接知らない若いドキュメンタリストや、ドキュメンタリー愛好者にも、繊細かつ大胆に社会の深層（リアル）に迫った一人の制作者の足跡をたどることを可能にし、彼／彼女の道しるべにすることもできるようになった。」と七沢氏は結んでいる。

七沢氏の文章は、ドキュメンタリー番組制作者としての萩野靖乃を描いたものである。一人の人物を語るには、多くの資料と心情とが必要であることを、私に知らしめた。だから、私は読んでいる途中で、何度も目頭を押さえた。27頁にもわたる文章のあちこちを切り取りつぎはぎしたが、その部分だけでも、十分に対象としている人物に寄せる情を感じることができた。萩野靖乃（1937－2012）が我が兄であるから言うことではない。誠実な人の情は、そういう次元をはるかに超えている。嬉しいと、感謝の言葉を言わざるを得ない。

＊NANA：身に余る論評をいただき、恐縮いたしております。
　私の文章に感じられた「情」は、きっと萩野靖乃さんが長年にわたり私に注いでくださった愛情へのほんの少しばかりのお返しの気持ちの映し身なのだと思います。ネット上でご無礼ですが、とり急ぎ御礼まで。

＊どん：「弱きものへの眼差し」「怒り」「日常」「きめ細かく」……こんなにすばらしいディレクターがかつてＮＨＫで活躍されていたことに驚きました。萩野靖乃さんを追い出したこと、価値ある記録の数々がアーカイヴ室にも残っていないことは、国民にとっての大損害であると憤慨しきりです。

＊邱羞爾：NANAさん、コメントをありがとうございました。想定外のことで、驚喜しております。NANAさんの意を十分汲み取ることができたかどうか危惧しておりました。まず、心よりお礼申し上げます。文章は、人とつながろうとする力があることを、見事に示してくださいました。兄貴もきっと癒されて、安らかに眠ることであろうと思われます。NANAさんの今後のご活躍を期待しております。

＊邱羞爾：どんさん、うれしいコメントをありがとう。私の拙い文章にすぐ反応してくださって、感謝です。どんさんのような若いひとが、いくらかでも兄貴の活動を知ってくださるのは、本人にとってもうれしいことに違いありません。NANAさんの力作といい、どんさんの共感といい、どちらも兄貴の思いもよらぬ手向けとなったことでしょう。ありがとう！

＊邱羞爾：もし関心のある方がいらっしゃるならば、私のブログの2013年6月14日の「兄貴の本」（『平生低語』34～36ページ）を参考としてご覧ください。

・facebook． (2014.06.05)

雨が降ったら、急に花が咲きだした。この黄色い奇妙な花はなんという名前なのでしょうか？ご存知の方がいたら、教えてください。

＊へめへめ：ビヨウヤナギですね。下のURLをご参照ください。
http://ja.wikipedia.org/･･･/%E3%83%93%E3%83%A8%E3%82%A6･･･
ビヨウヤナギ - Wikipedia
ja.wikipedia.org

遊生放語　　　055

2014年

ビヨウヤナギ（美容柳、学名：Hypericum monogynum）はオトギリソウ科の半落葉低木。別名マルバビヨウヤナギ。

*幽苑：ビヨウヤナギ（未央柳）です。よく似た花に金糸梅があります。どちらも梅雨の頃に咲きます。

*邱羞爾：へめへめさん、ありがとうございます。「長恨歌」に由来するとは思いもかけないことでした。あなたの足はすっかりよくなりましたか？

*邱羞爾：幽苑さん、ありがとうございます。花の名前をよく御存じですね。感心いたします。

*へめへめ：お庭に自生したものですか？それとも奥様が植えられたものでしょうか？中国文学者である先生のご自宅に中国原産の美しい花が咲くとは何とも縁の深さを感じますし、素敵なことだと思います。

*へめへめ：ご心配ありがとうございます。かなり歩けるようになりました。

*邱羞爾：へめへめさん、話によれば、どこかの家できれいに咲いていたのを頂いて、我が家の例の細長い通路わきに植えたものだそうです。足のこと、よくなって良かった。

*邱羞爾：幽苑さん、それにしても、良くご存知です。昔のご自宅の庭は、とても大きな規模の立派なものだったのですね。

*幽苑：震災前の自宅には、草木、果樹がいろいろ植えてありました。その種類は150を超えていたと思います。
今、花鳥画を描くのに、花びらの形、枚数、しべ、葉の形、枝の付き方も頭に入っているのは、長年身近に見ていたからでしょう。

・**facebook.**   (2014.06.07)

昨夜、哲学の道から西へ北白川や農学部の方の疎水沿いに、蛍を見に行った。蛍は、

2〜3匹ずつ茂みに飛んだが、儚（はかな）げにすぐ消えた。昨年までに見た場所と違うところであったが、思ったより多くの人が出ていた。写真に撮ろうとしたが、すべて真っ黒になっていて、失敗だった。蛍がたくさんで、乱舞でもしていないと、私には難しい。

・facebook.　　　　　　　　　　　　　　　　　　　　　　　　　（2014.06.08）

今日の午後4時半ごろから6時過ぎまで、夕立があった。ひどい雨と雷が落ちた。散歩から帰ってくるときの、最後の方でこの夕立にあってしまい、少なからず濡れてしまった。梅雨というより、真夏になったと言うべきだろう。

　＊正純：なんか初夏とか初秋とかいうニュートラルなものがもう無いような気がします。いまもいきなりの真夏ですね。

　＊邱羞爾：正純先生、おっしゃるように、そういう曖昧なものが、天候だけでなく、あらゆる面で起きているような気がします。お渡しするべきものを合研を通じて、委託しましたが、受け取っていただけたでしょうか。合研の人に迷惑をかけてしまいました。

　＊正純：実は先般、眼の手術をして謹慎していて、行く予定の日によう行きませんでした。後日関大で受け取りに行く旨連絡しておきます。ありがとうございました。

・facebook.　　　　　　　　　　　　　　　　　　　　　　　　　（2014.06.09）

京都岡崎の野村別邸というところに、ハナショウブを見に行った。綺麗に7分咲きぐらいに咲いていたが、写真ではどうもうまく撮れない。

　＊利康：なかなか綺麗ですね。菖蒲の美しさは花と葉の緑のコントラストではないかと。花だけ寄って撮るよりも、葉の緑も映していただいて綺麗になったと思います

　＊ひゅん：わ〜きれいですね。菖蒲は色がきれいで大好きです。夕方から雨が降り始めるようで、セーフでしたね。

＊幽苑：十分ショウブだとわかります。気品のある色が美しいですね、アヤメ、カキツバタ、イチハツなど似た花がありますが、ショウブが女王ですね。

＊邱羞爾：利康先生、ありがとうございます。どうも私の写し方だと花の色が飛んでしまうのです。そこが、肉眼との違いのようです。

＊邱羞爾：ひゅんさん、ありがとうございます。予報では、40％の降雨量だったのですが、午後からはとても暑く、晴れて、雨などどこ吹く風といったところでしたよ。

＊邱羞爾：幽苑さん、ありがとうございます。私は、アヤメ、カキツバタなどの区別がわからないのですが、「十分ショウブだとわかります」と言われると、安心します。

・怠惰な日々
(2014.06.15)

13日は満月の様だった。東山に月がかかり、空を明るくしていた。このところ、雨が降ったり、雷が鳴ったりしているが、どうやら梅雨の一休みの様だった。

しばらく調子が良くない。といっても、調子が悪いなんてことは相変わらずと言ってもよいくらいなのだ。要するに、何もする気が起きず、読むべき本も読んでいない。それほどTVを見ているわけでもないが、13日もお昼に、『大草原の母』なんていう内蒙古を扱った映画を見てしまった。原題は『額吉（オーヂー、母という意味）』というらしい。寧才（ニン・ツァイ）監督で、那連花（ナーレンホワ）が母親役で主役だ。1960年に大飢饉があって（たぶん、3年の自然災害と言われたものだろう）、上海の孤児が内蒙古に養子として送り込まれたと言う。国家事業だ。その男の子と女の子の話で、20年ほどのちに、実の親に引き取られるという話だ。男の子の雨生（ユイション）、のちの錫林夫（シリンフ）は、詩人として内蒙古の大草原で生活をし、義理の父親のような牧夫になろうとした。生みの親よりも、育ての母のもとに上海から戻るところで映画は終わっている。育ての母は貧困の中で2人の養子と1人の息子、計3人を育て、夫が事故で死んでからも、女の子を大学まで入れた。生みの親が出現すると、結局娘を親元に行かせた。草原の大地のような広くて率直な心を持った母であった。

私は、いつものように涙をこぼしながら鑑賞したが、あるブログに書いてあった、加藤青延氏の言ったという監督の内蒙古自身の文化の強調という場面に注意していた。

しかし、生産隊の労働点数が引き下げられるところや、罪人として扱われる老人に白湯を飲ませてやろうとして、母親が問題視される場面などに、いくらか当時の社会（＝文革）などの影を認めただけであった。

そうかと思うと、先週など、カイロの医者から借りたDVDを見てしまった。ケヴィン・コスナー主演の『Field of Dreams』だ。これはアイオワ州の話で、〝それを作れば、彼はやってくる〟という神様のお告げを信じて、広大なとうもろこし畑を野球場に作り変えてしまう話だ。〝彼〟は、有名な野球選手であるが、すでに死んでいる。その〝彼〟を初めとして有名な選手が、この球場にやってきて野球の練習をするが、その姿が見えるのはコスナーと彼の奥さんと娘だけであった。当然、野球場を作った借金に迫られ、野球場さえ売らねばならなくなる時に、大勢の人がうわさを聞いて集まって来て、窮地を潜り抜けることができる。カイロの医師は、アイオワのトウモロコシ畑を私に見せたかったそうだ。

広大なトウモロコシ畑から声が聞こえてくるが、トウモロコシが風にそよぐさまを見ていると、そんな神秘的な声なり人が現われてきても不思議がないように思えた。樹木の集合が醸し出す霊的なものがあるように思う。また、この映画では、信じることの堅固さが物事を成し遂げさせる。ことをなすには、意志の強さと、妻の賛意が必要であった。変わったことを言う者への理解者が必要なのだ。なかなかできないことであるから、私はこの映画で、夢の話をするコスナーに対して、〝あなたがそうしたいというならやりましょう〟と言って、トウモロコシ畑を（もちろん一部であるが）売って、ナイター設備のある野球場にした奥さんに感激した。そのほか、バート・ランカスターが出て来るのが、私には嬉しかった。ランカスターはなかなか貫禄があって、渋く、良かった。

いつもならば、昼寝の時間に、このように映画やDVDを見てしまうことがある。映像はなかなか〝しんどい〟けれど、100分なり2時間で済むから、楽と言える。本ならばこうはいかない。新聞によれば、昼寝は30分以内にして、本当に眠ってはいけないのだそうだ。しかし、この頃の私は、午後1時からだいたい2時間は寝てしまう。大きないびきをかいて、グァーグワー寝ているそうだ。そして起きると、もう3時のおやつの時間だ。糖尿の奴が「おやつ」など食べてはいけないのだが、『相棒』だとか『臨場』、『刑事コロンボ』などの再放送を見るから、ついでに食べて、なかなかやめられない。再放送が終わる5時ごろ、やっと夕方の散歩に出る。

散歩もマンネリとなっているが、左右の足の付け根のあたりがだるい感じで、動くのが億劫だ。2,200～2,400歩ほど歩くと、この頃では汗びっしょりになる。幸い、もうこのくらいの距離ならば杖なしで歩いても平気だ。でも、リズムを取るために杖を持

● 2014年

ち歩いている。

今は、アジサイがきれいだ。我が家のはオーソドックスだが、今年は20ほどの大輪が咲いている。アジサイもいろんな種類があるようで、散歩がてらに見るよその家のアジサイは変わった種類のものをよく見かける。白いのやら、傘のようなものやら、葉の色が赤茶のものなど。いつも通る家の入り口には、きれいな紫のアヤメが活けてあった。問題なのは、夕食のあと、また転寝をしてしまうことだ。阪神の野球があれば、たいがい見ているが、今年のタイガースは、やはりいつもの通り打てない。このチャンスで点を取らねばならないというときに、点が取れないから、負けるのだ。取るべきときに取らなければ、勝負の女神さまは怒って相手チームに加勢する。せっかくのチャンスを是が非でも取ろうとするガッツが、和田監督にはないように思える。せっかく長い間見ているのに、この間などは、逆転ホームランで負けたが、あれだって、その前にあったチャンスを生かさないから負けたのだ。私が見ていると、ほとんどダメな場面が多い。先日は珍しく、新井良太のセンターへのヒット2塁打（岡田選手のエラーとも言えるが）で逆転して勝った。が、肝心の良太の打撃場面は、転寝をしていて見ていなかった。

朝、昼、夜といつも寝てばかりいるから、夜中にぐっすり眠れない。夜中の睡眠がしっかりとれないから、すべてのことに調子が悪いと自分ではわかっているが、こういう習慣はなかなか治らない。

＊クマコ：先生、こんにちは。

今頃遅ればせながら、まとめてブログを拝見し、時期を逸してコメントする失礼をお許しください。

コメントしたくなったのは何度も観て、その度に感涙にむせぶ「Field of Dreams」をご覧になったようで、その感想も、そうです！私もそう思います！と申し上げたかったからです。

もし、機会がありましたら、「Augtst Rush」もオススメです。

ブログの内容とはかけ離れてしまいますが、一昨日、蛍を観に山奥へ行きました。毎年、蛍は観に出かけますが、久しぶりにせせらぎの音、カジカガエルの鳴き声のBGMのなかで、相当数の蛍の乱舞を観ました。

スマホのカメラではその様子をおさめることはできませんが、何を思ったか一匹が私の胸元にとまり、その灯を撮ることができました。珍しくもないとは思いますが、その一枚、お送りします。

＊邱羞爾：クマコさん、コメントをありがとう。そうですか、クマコさんも『Field of Dreams』を見て感動したのですか。素直な優しい気持ちが大事ですね。『August Rush』を見る機会があるとは思えませんが、たっぷり泣けそうな映画ですね。御杖村のきれいな景色と、クマコさんの胸元に止まった蛍の写真を頂きました。実に綺麗な村で、こんなところならば蛍がいっぱいいるのでしょうね。お孫さんを連れての蛍狩りだったのでしょうか？　ありがとう。

・facebook.　　　　　　　　　　　　　　　　　　　　　　(2014.06.16)

私の本『謝冰心の研究』を読んだと言う人からの手紙を、朋友書店が持ってきてくれた。もちろん見知らぬ人であるが、「たくさんのことを教えられ、ありがとうございました」と書いてあった。私の住所を知らないから、出版元の朋友書店に手紙を出したのだった。

私の方こそうれしくありがたかった。

＊へめへめ：私も三島すみえの論文関係で、突然見知らぬ方からお手紙が来たことがありました。もちろん嬉しくてありがたい経験です。

＊邱羞爾：それは良かったですね。

・facebook.　　　　　　　　　　　　　　　　　　　　　　(2014.06.19)

我が家のアジサイ。どうもうまく撮れない。花の色が飛んでしまう。

・facebook.　　　　　　　　　　　　　　　　　　　　　　(2014.06.20)

飯塚容（いいづか・ゆとり）先生から本を頂いた。飯塚先生は全くよく精力的に次々と本を訳して出される。しかもどれも話題作で面白そうだ。余華『死者たちの七日間』（河出書房新社、2014.6.30、240頁、2,300+ a 円）

遊生放語―――― 061

●2014年

・研究会
(2014.06.22)

土曜日に、久しぶりに研究会があった。メーン報告者の林思雲（りん・しうん）氏のために、吉田富夫（よしだ・とみお）さんが、自分が撮影した「文革末期（1976 年前半）の 8 ミリ映像」を放映した。確か、これは 3 年前にも放映したと思うが、すっかり忘れていたので、まるで初めて見るような映像であった。

初めに 76 年の 1 月 8 日の北京空港が映ったが、この日、井上清先生と吉田さんが、我々第 1 回青年中国文学歴史研究者訪問団（正確な名前を忘れた。団長・寺田隆信東北大教授、秘書長・小野信爾花園大助教授など 14 名）とのお別れと見送りとに、空港にやって来たのだった。なんでも吉田さんの要望では、使い古しでも構わないから電池を置いて行ってくれというものであった。

私がこの時の様子を特に印象強く記憶しているのは、空港の空気が異常であったことだ。私の常識から言えば、いままで 3 週間も付き合ってくれた中国国際旅行社の老陳（陳平貴）も小陳（陳艶桃）も別れを惜しんで情熱的な握手をし、時には涙ぐんでさえいて、別れを惜しむものであった。でも、実際はそうではなかった。彼らはもちろん一応の別れを惜しむ挨拶を交わしたが、心ここに在らずであった。虚ろな寒々しい空気がそこに流れていた。私は私たちが何かとんでもない間違いをしでかしたのかとも思った。あんなに熱心に情熱をこめて我々を接待し気遣ってくれたのに、最後の別れのよそよそしさが忘れられない。何か心の晴れない別れであった。帰国して、ラジオを聞いていたとき、初めて周恩来総理が亡くなったことを知った。道理で、老陳、小陳をはじめとする見送りに来た人々が、心ここに在らずであったのだ。国家的な秘密である総理の死去を外国人に知らせまいとしていたのであろう。四人組と対峙していた周総理のことを、うっかり外国人に漏らしては大変なことになるに違いなかった。でも、四人組に対峙していたからこそ、周総理は彼らの心の支えでもあったのだろう。逝去のむなしさに、彼らは泣くに泣けない心境でいたに違いない。

昨日の吉田さんの 8 ミリはそんなことを思い出させたが、吉田さんが写した 8 ミリには、長安街などの町の様子もあったが、そこに走る自転車の人には、喪に服する腕に白い布を巻いた人はそんなに多くはなく、むしろ巻かないで平然としている人が目に付いた。これは新しい発見だった。周総理の記録映画がのちに作られ、中国人民のほとんどが泣き崩れる画面ばかりであったのに比べて、昨日の 8 ミリは、まだ四人組が倒れていないからでもあるが、周総理の死を悼む人もいるが、多くはまだそういう態度を表明していなかった。それが、1976 年前半の現実であった。

その他個人的に知っている人の映像などが出てきたりと、おもしろかったが、何気な

く撮った映像の面白さというものを感じた。蛇足を1つくわえると、吉田さんは、北京大学で日本の近代史の講義をした井上先生の通訳としてやって来たのだったが、井上先生の奥さんの話では、この時吉田さんは必死で勉強して中国語が巧くなったという。もともとうまかった中国語だが、こういう必死の頑張りがあって、人は飛躍するものだと感じた。たまたま『さわこの朝』を見ていたら、行定勲監督が、長澤まさみが『セカチュウ』で髪の毛を剃った時の話をしていた。あれは監督が言って剃ったのではない。本人が剃ると言ってきたのだという。監督としては16, 17の娘がかつらでやると言ったら、それでも良いと思っていた。ただ、それはそれで、そういう女優でしかないのだと言う。また、『北の零年』の吉永小百合の馬に乗ってもう1頭の馬を引き連れる場面では、撮影の合間に吉永は、馬を引き連れる練習を懸命にやっていたと言う。芦田愛菜ちゃんがセリフをすっかり覚え、他人のセリフまで覚えて、本読みに台本なしでやってくると言う話もしていたが、一芸に秀でるとはこういうことなのかと、身の引き締まる感じがした。

林先生の話「中国における〝毛沢東熱″と〝文化大革命再評″」は、パワーポイントを使って大変わかり易く面白かった。中国では辛亥革命後の軍閥の時期に、民主的な政治が行なわれたという点については、あとで、D氏から民主的という言葉の定義に疑義が出された。そのやり取りの際に、大躍進後の1959年からの3年の自然災害での死者の数は、国家統計局の数字が嘘だと林氏が断定したのが面白かった。というのもその頃生まれた人間の数が結構多いからだと証明した。だから数千万人の死者ではなく、数十万人だろうという。そしてそういう数字操作は、政治的意図によって行なわれた。毛沢東の失敗を証拠立てるために、鄧小平側の官僚が操作したとまで言っていた。ここまで考察する力に感心して聞いていた。

私には、文革の遠因と近因、そして毛沢東熱がなぜ起こっているのかという話も面白かった。それは結局、貧富の差と資本主義の復活の問題になるようだが、今までは、〝富がない″という問題だったが、今は、〝富の分配の不公平″が問題となっているという説明も良くわかった。あまり多くのことに触れるわけにはいかないが、2005年の反日運動の時には毛沢東像は見られなかったが、2012年の反日運動の時には、たくさんの毛沢東像が現われたという指摘も、なるほどと感心して画面を見ていた。

私は常日頃ぐうたらと過ごしていて、「〝三食昼寝付き″というのは主婦について言うのかと思ったら、あんたのことだったのね」と言われてしまっている。昨日は汚名挽回とばかり、研究会に出席し、少し勉強した。三食は食べたが、昼寝はしなかった。

●2014年

・宣伝
(2014.06.25)

　6月25日の10時に、ボイジャーから李城外著、萩野・山田訳『追憶の文化大革命――咸寧五七幹部学校の文化人』という電子書籍が発売された。これは先に出版された朋友書店の本の改訂版である。値段が上巻398円（税込）、下巻が398円と格安になっているので、ぜひ購入してください。

電子書籍の発行に先立ち、以下のような宣伝文を作ったので、参考にしてください。

李城外著『追憶の文化大革命』

文化大革命（＝文革、1966－1976）と言って、今、イメージするのは、若者が赤い旗を振り、赤い小冊子（『毛主席語録』）を振り上げて街を歩く姿であろう。彼らは、「紅衛兵」と言われ、「造反派」と言われた。「紅衛兵」と「造反派」には一応の区別があるが、ともに社会の不正義を改革しようとする熱気があった。「革命」これが中国全土を席捲した。

既成の官僚も、文化人も、「資本主義の道を歩む者」とか、「反動学術権威」として打倒されたのであるが、唯々諾々と打倒されたのは、彼らも「革命」のために生きて来たし、これからも生き続けるという信念があったからである。

具体的には、新中国を建国した「毛沢東」思想の前に、「紅衛兵」も、文化人も自縛されたのであった。

10年余にわたる文革には、それなりの起伏があり、個別の回想、相反する視点もないわけではない。だが、李城外の本には、同じ境遇にあった複数の文化人の思いが語られているのである。だから、文革の実態がどうであったか、より客観的に知ることができるだろう。

翻って考えてみれば、日本でも、敗戦の戦渦はおろか、「3.11」や原発崩壊の被害さえ風化しようとしている。事件当事者たちの生の体験を記録しておくことは貴重だ。そこには事件を共有し、せめて同じ過ちを繰り返すまいとする人々の誠意と哀切とが込められているからだ。文革終息後の文化人たちの「追憶」を記述したこの本は、すべての事件が風化するという社会事象の中で、我々に「革命」というものがどういうものであるか、時代を生きるとはどういうものであるかを示唆するに違いない。

なお、ボイジャーからは、次のようなメールをもらっている。

　　　＝＝＝＝＝＝＝＝

大変遅くなってしまいましたが、『追憶の文化大革命』上下巻を明日 25 日午前 10 時より、ボイジャーにて発売致します。

以下の URL からアクセスしてください。

7 月 1 日にこの本を作った電子出版 Web サービスの一般公開が行われます。プレスリリースも出ます。

長い時間が掛かりましたが、本書は私たちの会社の試作サンプルとして大きな仕事をしてくれました。心から御礼申し上げます。

必死に作りました。自分たちの手でこの本が出来たことを誇りに思います。

どうか、作者の李城外さんへ、そして翻訳の山田多佳子さんへ、このニュースを知らせてください。インターネットですから、中国でもきっと読めるはずです。

7 月 1 日には作家・池澤夏樹の全作品電子化に関して、ボイジャーとの提携発表も行なわれます。彼の作品も『追憶の文化大革命』を作ったと同じシステムで出来上がっています。

7 月 2 日からは、東京国際ブックフェア・電子出版 EXPO でも披露されます。精一杯宣伝致します。

どうか、お知り合いに拡散してください。

****

『追憶の文化大革命　上巻　咸寧五七幹部学校の文化人』

・作品詳細ページ：http://tt2.me/16309

****

『追憶の文化大革命　下巻　咸寧五七幹部学校の文化人』

・作品詳細ページ：http://tt2.me/16310

＝ ＝ ＝ ＝ ＝ ＝ ＝ ＝

以上、宣伝です。

・落語
(2014.06.29)

6 月 28 日（土）、京都哲学の道にある、京湯どうふ「喜さ起」で寄席があった。昨年は 6 月 21 日だったので、今年は終わっているかどうかと電話をしたら、なんと今日今からですとの返事だったので、大急ぎで参加した。午後 5 時 30 分開場、6 時開演。料理の方はしめ切っていたので、落語のみの申し込みで一人 2,000 円。

前座として、桂優々（かつら・ゆうゆう）が大きな声で元気よく演じた。演目がなんであるか書いてないのでわからなかったが、話の中心に、言葉遣いの丁寧な女の名前

● 2014年

が「……延陽伯と申します」とあったので、〝えんようはく〟で検索した。一人身の男に言葉の馬鹿丁寧な女が嫁入りに来ると言うので、男が新婚２人の食事を空想するシーンがある。そこで、〝チンチロリンのサークサク〟に対して、〝ザークザークのバーリバリ〟という音を出す場面がある。この音の対照が面白くて印象に残る場面だ。だから、「あぁ、チンチロリンか」と思った。それなら「たらちね」ではないか。私の知っているのは東京の落語で「垂乳根」という演目であった。「たらちねの……きよ女」だ。どうやら関西の「延陽伯」が東京に行って「垂乳根」になったらしいが、「えんようはく」なんて名前では男みたいだし、そんな漢学者の娘では立派すぎよう。

優々が、まくらで、落語を聞くときのエチケットなるものを「あいうえお」で紹介していた。「あ。あくびをしない」「い。いびきをかかない」「う。うろちょろしない」「え。笑顔を絶やさない」「お。落ちを先に言わない」という。とても面白く参考になった。笑顔を絶やさず聞いていたが、やはり、熱心に大きな声や身振りで演じて熱演であっても、だれるときがある。浮いてしまうことがある。ここに芸の難しさがあるのかもしれない。客が、なじみが多く、みんな笑ってやろうとしてやってきているから、そういう単調さを感じてもみんな笑っていたが、大きな声や身振りが却って悪循環になることがあるものだ。但し、若い者は、下手に技巧に走らず、一途に大声で走ることも必要なのだろう。芸の味なんてものは、あまり若くして小手先で身に着けることではないようだから、若いうちに全力でぶち当たった方が修行になるように思った。

紅雀（こうじゃく）のまくらも、時事的なものを入れて面白かった。都議会の「早く結婚しろよ」とか「産めないのか」というヤジをあげつらって、「落語家に〝笑わせられないのか！〟なんて言ったらいけませんよね」と効かせた。演目がわからなかったが、最後の方で、奥さんに言われて壁にくぎを打つところで、「粗忽の釘」だとわかった。でも、話しのほとんどは引っ越しの話だ。関西では、「宿替え」という演目だそうだ。東京と関西では落語にしてもずいぶん違うのだなぁと思った。だから、昨日の話では、引っ越しの荷物を亭主が持つところに力点が置かれていた。そして、亭主である男の身勝手さが、ありありとわかる話だ。紅雀は、奥さん＝女がいかに強いかをテーマにして、まくらを効かせて、うまいこと話を結んだ。

落語をじかに大勢の客とともに聞くことは楽しい。終わってからの食事は、客のほと

んどは別室で一緒に食べるから、見知らぬ仲でも親しくなる。但し、私の方は申し込みに間に合わなかったので、家に帰らざるをえなかった。

その代り、NHKのスペシャル番組『故宮・流転の至宝』を見ることができた。「翠玉白菜」が見られた。白菜に、キリギリスとイナゴが止まっているなんて知らなかった。キリギリスもイナゴも子だくさんの象徴だとか。至宝を戦渦から守った荘尚厳氏の努力に感じ入ったが、彼が日本の正倉院の校倉造にヒントを得て倉庫を作り、洞窟内の湿気から至宝を守ったというのは初耳であった。1935年にロンドンで中国の名品展を開いたことが、イギリス人の蒙を啓くことになったということも、有意義な話であった。本当に良いものは、狭いしがらみを越えて、時代を越えて人々に伝わるのだろう。

*ノッチャン：先生、先生の落語好きは行動派だったのですね！
お元気そうで何よりです。
ここ何年かは、同窓のH君（O大学の落研）に誘われて、大阪天満の繁盛亭やNHKホールの落語会を見に行っています。先生の「喜さ起」寄席と違って、中堅以上の有名どころでしたので、「あいうえお」に注意することなく、笑いこけましたが。
さて、「白菜」については、全勝氏が、実際に見に行った感想を自分のブログの6月29日付けで「白菜を見に、上野へ」というタイトルで書いていますよ。
よかったら、見てください。
http://homepage3.nifty.com/zenshow/

*邱羞爾：ノッチャン、コメントをありがとう。今しがた、コーヒーを飲んだばかりです。コーヒーは強いから毎日飲むというわけではないですが、強いから、この頃は強い刺激に惹かれて飲むようになりました。
ちょうど、ノッチャンのことを気にしていました。定年のことです。きっとなんだかんだがついて、延長になったのではないかと思っていますが…。どうですか？
「翠玉白菜」は、白菜だけでも巧みな腕だと思うのですが、キリギリスが止まっているのはいっそうびっくりします。全勝君の言うように、羽が少し折れたのかもしれませんね。私はうっかりして、イナゴには気が付かなかったのですが、白菜にはイナゴはいないのかもしれません。あのとき（NHKのTV）には、私はもうウトウトしていたのでした。
ノッチャンも落語を聞きに出かけるとか。落研の者がいたなんて想定外だなぁ。

遊生放語──────067

私は近くだから聞きに行っただけのことです。でも、同窓に誘われるなんて楽しいね。

＊魔雲天：先生、お元気ですか？
「素敵な女（ひと）」からもらったコーヒーメーカーで飲むコーヒーはまた格別でしょうねえ！
コーヒーメーカーといえば、今、私はブラジルからの研修生を十数名受け入れています。毎朝、コーヒーメーカーで日本のコーヒーを淹れてあげますが、あるブラジル人が「これ、美味しいと思ったら、豆がブラジル産だからだ！」というので、「イヤイヤ、これは俺が淹れているから美味しいんだ！」と納得させています。
先日、２年に一度の東京柳汀会の後、ミニ同窓会を実施しました。箱根に行く予定が大雨で湯河原に変更しましたが、美味しいお酒・おしゃべり・温泉・小田原城と楽しい時間を過ごしました。「素敵な女」も「元落研」も来ていました。
先生にとっての「素敵な女」は私にとっても「素敵なひと（女性）」です。いえいえ決して、「素敵な女」ではなく「素敵なひと（女性）」です。
７月末から、またブラジルに出張します。

＊邱羞爾：素敵なひと（男性）である魔雲天、
コメントをありがとう。「素敵なひと（女性）」たちとお酒に温泉と楽しいことをしたのですね。ブラジル相手の疲れも取れたことでしょう。「元落研」氏と漫才でもやりましたか？羨ましい限りです。
折角ですから、サッカーはブラジルが優勝したらよいですね。
どこの国でも、どこの人でも、表だけではない生活があって、それなりに政治上、経済上に厳しいものがありますが、最低限、〝今〟をできるだけ楽しみたいものですね。そういう楽しみを持つことが〝強さ〟になると思います。
体に気を付けて元気で！

facebook. (2014.06.30)

今日は６月30日だから「夏越の祓」だ。それで、吉田神社に行ってきた。大きな茅の輪があって、そこをくぐり行き、人形（ひとがた。家族全員の名前と年齢を書く）と寸志を巫女さんに渡し、くぐり帰って来た。神楽丘の坂道を上り下りするとき、左ひざがとても痛かった。これで、おやつに「みなづき」を食べれば、半年を送ったこと

になり、あと半年を無事に過ごす願いとなる。

・**facebook**. (2014.07.01)

今日は暑くなった。驚いたことに、珍しく2人の女性からコメントをもらった。普段、なかなかもらえないのに、もらうとなると2つも同時にだ！1つからはきれいな写真もあった。

・**facebook**. (2014.07.03)

今日は岡崎の京都国立近代美術館に「上村松篁（うえむら・しょうこう）展」を見に行った。2001年に99歳で亡くなった松篁の日本画（花鳥画）の「品があって匂い立つような」芸術に心が洗われた。

　＊幽苑：東京の日本画収集で有名な山種美術館に行き、優れた作品を鑑賞しました。日本画独特の色と、線その物に品を感じますね。

　＊邱羞爾：幽苑さん、お帰りなさい。松篁の絵についての感想をブログの方に書きました。とんだ見当はずれのものかも知れません。ご示教を！

・**上村松篁展** (2014.07.03)

たまたま入場券を頂いたので、急遽、京都国立近代美術館へ雨の中、『上村松篁（UEMURA SHOKO）展』を観に行った。

日本画というのは、不思議なもので、影がない。この影のない絵に、今日は魅せられた。影のあるリアリズムに慣れた私の目には、影のない対象物は、たとえそれが花鳥風月であっても、嘘っぱちに思える。松篁の絵はすべて、描かれている対象物にせよ構造にせよ、私にはすべて嘘っぱちに思えた。あんな鳥が、あそこにいるわけはない。あんな植物があそこに生えているわけがない、のだ。

『蓮』では、池からすっくと伸びた蓮の花や葉っぱが、影無くしてそこにある。対象の蓮に肉薄する観察眼によって、蓮そのものが描かれていて、その蓮の神髄がそこから浮かび出ている。だから、そこに蓮がある、のだ。蓮の花にせよ、葉っぱにせよ、どこを向いているのか、裏返っていない葉っぱがそんなにあるわけはなかろうに…、でも、池に浮き出る蓮がここにあるのだ。そのものの姿それだけをじっと見つめて、それを描く。他の花鳥画でも、草木があり、鳥がいる。花が咲き、鳥が声を上げる。そ

遊生放語 —————— 069

2014年

んなバカな…と私は思う。でも、そういう構図にそういう花鳥に、私は魅せられてしまうのだ。1つ、1つ、詳細なデッサンの上に物の姿が描かれる。それはまるで、その物の他との連動で生きるリアルな世界ではなく、その物だけという孤立した本来ある姿なのだ。だから、影など必要ない。他者との連携など必要のない、自然に生きる物の尊厳が捉えられているように思った。

そのせいだろうか、私には人を描いた絵は、おもしろくなかったのだが、ただ、『万葉の春』のような物語には、懐かしさのような甘いメドレーが流れているような気がした。これもリアルな人の姿ではない。お話なのだ。西洋風なリアリズムでない絵が、我々に却って生の感動を与えるとは、どういうことなのだろう。ここに芸術の不思議さがあるのかもしれない。花鳥のリアルが、リアルに描かれないことによって我々の胸に伝わるのだ。

『白孔雀』など、松篁が実際の白孔雀を観察し、近くでスケッチしている写真まで参考として掲げられていた。出来上がった『白孔雀』は、実物の1.5倍もあるかのような大きさで、白い羽が水平に伸びている。堂々たる孔雀の姿だ。しかし、伸びたその白い羽は、羽の色と言い、こんもりとした形と言い、延々と続くかのように描かれているのだ。これがこの孔雀の堂々とした有様を引きたたせているのだ。決して、生きた孔雀をありのままに描いたから、堂々とした白孔雀になったのではない。敢えて言えば、松篁の鳥も草木もどれ一つとして、あるがままではないのだ。これが我々に、或いは私に、松篁の絵はあるがままに描いていると思わせているのだ。集中して一気にスケッチをしたという松篁の力に感動した。

*ノッチャン：先生、おはようございます♪
またまたノッチャンです。
素敵なことをまたされてますね!!
先生はご存知ないかもしれませんが、奈良（学園前）には松伯美術館という、上村松園・松篁・淳之三代の作品を展示する近鉄の美術館があります。http://www.kintetsu.jp/shohaku/exhibition/exhibition.html
元々は近鉄の佐伯名誉会長の邸宅だった場所で、時間の経ち方がゆったりと感じ

られる心地よい空間になっています。

ただ、残念なことは、所蔵のオリジナル作品が少ないことで、先生がご覧になった展覧会の方が、圧巻だったはずです。

いずれにしても、京都は色々な催しがあちこちで開催されていて良いですねぇ‼

そして、それに出掛けられる先生も素敵です♪

奥様のご趣味といい、ホント素敵な時間の過ごし方だと思います。

もう少し経ったら、じっくり真似したいです。

そうそう、私の定年後にお気遣いありがとうございます。多分、残ることになるはずです。はっきりするのは、まだまだ先ですが。

では、また♪

＊邱羞爾：ノッチャン、コメントをありがとう。そうか、松伯美術館は学園前にあるのか。この「松篁展」のほとんどの作品は、松伯美術館所蔵のものでした。ノッチャンの定年後の見通しがまぁまぁとのことで良かったです。今のうちに遠慮なく活躍しておいてください。

・**facebook.**
(2014.07.05)

今日のお昼に、山西省から荷物が届いた。厚く重いもので、董大中氏からのものだ。中身は、『中国趙樹理研究』という雑誌の2010年創刊号から2013年までの合訂本（12冊）だ。毎号の表紙裏にある写真を見ても、知った顔はほとんどない。董大中氏が1つだけ真ん中に座っている写真があったが、すっかりおじいさんになっていた。主編の楊占平氏もすっかり大人になって、ちょっと見では、もうわからないほど貫禄がついている。表紙に、趙樹理の故郷の家があったが、入り口に干してあるトウモロコシが、私をタイムスリップさせて、1981年夏に尋ねた山西省沁水県尉遅村を思い出させた（大修館『中国語』1982年1月号に発表、のち拙著『中国〝新時期文学〟論考』関西大学出版部、所収）。そもそも「趙樹理研究」という言葉が、私にとっては懐かしいものとなっていた。

・老舎の文学
(2014.07.10)

3月24日に頂いた、吉田世志子著『老舎の文学——清朝末期に生まれ文化大革命で散った命の軌跡』（好文出版、2014年3月15日、390頁、3,700+α円）を、やっと読み終わった。

● 2014年

「老舎は自らの作品に描いてきた虚構の世界の延長上に、自らの行動——みずから命を絶つ——を刻み込み、生を終えることで、みずからの人生の最後をも創作し、作家としての〝生〟を全うした。」(371頁)。これが吉田氏の結論である。この熱のこもった美しい文に、彼女は老舎の処女作『老張的哲学』から始めて主な作品を読み解く。『趙子曰』があり、『二馬』がある。どの作品にも共通してある作品上の「自殺」に、彼女は捕らわれる。老舎は、1966年8月24日、自殺した。処女作にある「自殺」と老舎自身の「自殺」の妙な一致に、彼女は捕らわれたのである。

最初は、老舎は文革のさなか、紅衛兵に殴り殺されたというニュースが流れた。しかし、徐々に、老舎自身が自殺したことが判明した。なぜ、老舎は自殺しなければならなかったのか。これは老舎を少しでも齧った者ならば、解明したい魅力ある問題だ。吉田氏の独創的なところは、老舎の自殺と処女作からある作品中の重要なタームである「自殺」の整合性を追求したことである。自殺について、新しい事実の発見があるわけではない。ただし、自殺という内的モチーフの究明を、以後の『猫城記』や『駱駝祥子』、さらには『茶館』に至る主要な作品に、執拗にし続ける。

作者の内的モチーフを探るということは、そもそも他者の内的モチーフを探るということがそうであるように、愛情無くしてはできないことだ。老舎に対する彼女の愛情を、我々は痛く感じて、それがこの本の感激的な感想となる。ただし、〝愛情〟などという手垢のついた言葉では、研究はできない。彼女のこの〝情熱〟は、〝愛情〟を越え、冷徹な〝我執〟になっていると言えよう。〝我執〟の域に達しているからこそ、老舎が作品に命をかけた〝我執〟を捉えることができた。妻子を置き去りにして、抗日に跳び込み、妻子を引き取らずに、作品創作に命をかけた。妻子を置いてアメリカに、自費で2年も延長して暮らし、『四世同堂』の第3部を書いた。などなど。

老舎の〝我執〟に、満族の出自というコンプレックスを考察することは容易なことである。ただ、彼女はそこに拘泥しない。老舎が「中華民族」というより大きな高度の次元に自らを昇華させたことを解明している。しかもこれは、老舎がロンドンで生活したことからすでに始まっている。これは見事な考察だ。作家を狭隘な1点の視点でのみ考察することは結局のところ、論じる自分に跳ね返ってくる。彼女は、老舎の文学を中国文学専門の者だけに知ってもらいたいと狭く考えているわけではない。そうい

う広さが、この『老舎の文学』という本を新しいものとさせている。

私個人は、老舎が1965年4月に京大にやって来た時の好印象が残っているが、作品としては、『猫城記』や『微神』、そして『茶館』以外は、あまり好きではなかった。特に1950年以後の劇作には、いかにもつまらないという印象しかなかった。しかし、その背後の苦労を私はなに１つ知らなかった。吉田氏の労作によって、党の「指導」と如何に老舎が闘い、そしてなぜ闘いながらも書かねばならなかったかがわかった。これは貴重なことだ。

また、彼女はこう書いている、「中華人民共和国成立以降の作品は、一九五〇年以前と比べて、まるで老舎は別人になったという論がある。これは認識不足とおもわれる。このように論じる作品の根拠は、一九三七年以前の『駱駝祥子』などの作品とくらべているのである。老舎が抗日戦にペンで参加した一九三八年以降の作品を視野に入れていない結果と思われる。」（141頁）。こういう独自な見解があちこちに散見する。彼女の独自な見解であるが、指導者の日下恒夫氏の力も感ずることができ、それに彼女は良く呼応した。

思えば、彼女が私の研究室に来た時、もう何を話したか忘れてしまったが、大変楽しかったことを覚えている。紅茶を飲み、文学の話をしたという記憶が残っている。今、その彼女の、老舎の自殺を解明しようとする〝我執〟を、改めて感じて、快い印象が残っている。この『老舎の文学』という本は、老舎研究の者にとっても有益であろうが、文学に興味のある者にも有意義な本である。作者の内的テーマと外的テーマがいかに作品を書く上で葛藤するかを考察しているからである。

蛇足を１つ付け加えるならば、『正紅旗下』の原稿を文革中の一時は、北京の二外に持って来て隠したと二女の舒雨さんが証言していた。私が二外にいた時の話である。

・facebook.

(2014.07.10)

台風８号は、京都はほとんど何の被害もなく、拍子抜けするくらいに過ぎて行った。幸いなことだ。

だが、今日10日の夜には、JCOMの「NHK カジュアル クラシックコンサート」があって、私は券に当たっていたのだ。でも、台風のために中止になってしまった。そもそも私が何かに当たるなんてことが不思議だったのだ…と諦めるほかない。

　＊登士子：楽しみにしていたコンサートが中止になったのは実に残念ですが……
　　　　　台風の被害が無かったことが、いちばんの幸いですね。

●2014年

＊邱羞爾：登士子さん、コメントをありがとう。確かに被害のなかったことが一番の幸いです。君の家の夜道は「闇」で暗そうだから、気を付けてお帰りなさいよ。心配だ。

＊翔太：「私が何かに当たることが不思議」の一文に思わず笑ってしまいました。笑　確かにくじや賞とかに当たるのが難しいですね。
私は未だに当たったことがないです。

＊邱羞爾：翔太君、コメントをありがとう。私はそんなに運が良い暮らしをしてこなかった。でも、これが「まとも」な生活だと思っている。翔太君もまじめな生活をしているようだ。なかなか芽が出ないだろうが、今の年齢は蓄積に努めるべき時だ。頑張れ！

・**facebook.**　　　　　　　　　　　　　　　　　　　　　（2014.07.11）
こちらの文章の意図をしっかりと受け止めて、感謝のメールをもらうことほどうれしいことはない。こういうことがあるから、涙が出るほど感激して、やめられないのだ。

・**facebook.**　　　　　　　　　　　　　　　　　　　　　（2014.07.12）
今宵は満月。月齢15.8。月が空にかかっていて美しい夜空だ。

・**facebook.**　　　　　　　　　　　　　　　　　　　　　（2014.07.13）
今日の午後4時半ごろに、セミの声を聴いた。交差点の角のコンクリートの電柱に、1匹止まっていて鳴いたのだ。今夏初めての蝉の声であった。

・**facebook.**　　　　　　　　　　　　　　　　　　　　　（2014.07.14）
今日、井波さんから『世説新語』5をもらった。平凡社東洋文庫851、20140710、297頁、2,800+ a 円。劉義慶撰、井波律子訳注。
『世説新語』1をもらったのが、2013年の11月のことだったから、早いシリーズの完成だ。彼女は半世紀も前から『世説新語』とかかわりを持っていた。見事に宿願の全訳の達成だ。敬意を以って、おめでとうと言いたい。

- **facebook.** (2014.07.16)

ある人の『きれいですよ』という情報に従って、南禅寺会館の前の池のハスを見に行った。綺麗であったが、MさんやLさんのようにはきれいに写真が撮れない。

＊REika：綺麗ですね！　私、蓮大好きです😊

＊幽苑：蓮は上からよりも、横からの方が蓮らしい花や葉になるような気がします。絵を描く時の構図もそのようにします。私も蓮の花が一番好きです。

＊邱羞爾：REikaさん、コメントをありがとう。ハスは泥の池からすっくと立って透明感のある綺麗さなので、昔から中国の文人たちから、君子の花として親しまれました。REikaさんは元気ですか？

＊邱羞爾：幽苑さん、コメントをありがとうございます。確かにおっしゃるように上から目線は良くないですね。でも、これは池にかかる橋の上から撮ったので、仕方なかったのです。

＊登士子：十分お綺麗ですよ(^_^)
ハスの花は眺めているとうっとりしますね。

＊邱羞爾：登士子さん、コメントありがとう。君もとても綺麗じゃないか！

＊幽苑：東京上野・不忍池の蓮は、ちょうど目の高さに見ることができました。自分で構図を考えても、上手くその位置に立てなく、悔しい思いをすることが多いですね。

- **夏** (2014.07.17)

私の感じでは、やっとセミが鳴き出した。でも、朝の8時ごろまででしか鳴かない．セミが鳴き出せば、夏だという感じがする。とりわけ夜、25度以上の熱帯夜になれば、暑い夏の感じになる。ただ、セミの鳴き声をカタカナで書き表すのは難しい。シャシャシャ、シャンシャンシャンというように聞こえるけれど…。これはなんというセ

2014年

ミか、Momilla 氏にでも聞くしかあるまい。

ここ2日ほど、ファイルの整理などをした。早く断捨離をして、1階の書斎を物置ではなく、書斎らしくしなければならない。遅々として進まないのは、本の整理ができないからだ。本と言ってもほとんどが中国現代の本だから、いまどきどこも引き取ってくれないから、廃棄にして捨ててしまうほかない。でも、どんな本でも捨てるのは忍び難い。そこで、ファイルの方の整理に取り掛かった。

ファイルに挟んであるのは、ほとんどが中国の人との文通である。私の敬愛する黄修己先生との手紙は、実にたくさんある。黄先生が北京大学にいたときから、広東の中山大学に移った時まである。山西の董大中氏との手紙も多い。また、かつて行なった茹志鵑や張潔女士との手紙もある。張潔の娘・T.D.との手紙もある。趙樹理の関係から二男・趙二湖とのやり取りや山西作家協会の馬烽や胡正などの手紙もあった。『三里湾』という小説のモデル・郭玉恩などという労働模範からの手紙もある。李芒や唐弢、張允侯などといった中国社会科学院の学者のものもある。その他、実に多くの人との文通を、この私はしていたのだ。昔はこれでも元気いっぱいだったのだろう。こういうものをすべて廃棄にするのは、かなりの力がいる。何か、得体の知れぬものに対する冒涜のような気分を、思い切って切り捨てるのだから、がっくりと疲れる。

さらに、私が北京の第2外国語学院で日本語教師をしていた時の資料や、生徒たちの手紙がある。時間表や、成績表。作文の提出作品など。今はかなり地位の上がったW.Y.などの手紙などを、感慨深く読んだが、こんなものを今更持ち出しては本人にエラク迷惑であろうと、闇に葬らねばならぬと思った。確か、『史記』の陳渉世家第十八に、王となった陳勝に昔馴染みだと言って昔の名前「渉」と呼びつけ、近づき、なれなれしくなり図々しくなって斬られた男の話が出ていた。今の時代、私が斬られることはないだろうが、でもこういう昔のものを持っていることは剣呑だ。文革の時代、江青は自分の過去の女優時代を知っている者を、迫害して死に至らしめたというではないか。

私は妙なものを持ち続け溜めていることがある。尤も私自身は妙なものとは思っていないが、ある人からの年賀状をずっと持ち続けている。それはその人が年賀状に自分の

「せ」先生に頂いた
版画入りのハガキ4通

彫った版画を画いてくるからだ。1984（昭和59）年から1988（昭和63）年までの年賀状と暑中見舞いだ。その他のはがきを入れて12枚もあって、どれも版画が描かれている。干支があるのはもちろんだが、月夜の鹿、柘榴、雨の中のツバメや、雨の八手など、素敵な図案が彫られている。私はこれらの版画と、上に書かれた文章とが好きだ。「せ」先生のご健勝を祈るほかない。

こういう過去のものを、消し去るとはどういうことだろうか。自分の過去のディテールなど、そんなに隅々まで記憶に残しておくものではないのだろう。今また、亡くなる2か月前の母の手紙が出てきて、大きな感慨にむせんだ。達筆で能筆であった母が脳梗塞に倒れ、リハビリでたどたどしい文字が書けるようになった、その手紙だ。宛先の私の住所などを介護の若い人に書いてもらって、1枚の便箋に、文字と貼り絵がある。絵には、「コスモス」と怪しげな字で書かれている。それでも、私に、私の家族に差し出した手紙なのである。多分、リハビリで「コスモス」が巧く貼り付けられたと褒められたものだろう。稚拙な「コスモス」がこんなにも胸を打つものになるとは、思いもしなかった。こういう私的なミソカゴトは、それこそ秘して口外すべきことではないだろうが、無下に抹消できない。それにしても、母が残した手紙や彼女の日記を、私は読み直すことなく、見向きもせずに廃棄処分にするのを黙認した。狭隘な私の心では、他者の全てを抱擁することはできず、私とわずかに1，2の交流の記憶だけが残るほかない。そう思うと、親子と言っても世のはかなさが身に染みる。でも、私のこれまでは、そうしてきたではないか。こう考えると、手紙の廃棄も幾分楽になる。私がこの世に残すことなど、ほとんどありもしないのだ。でも、なかなか断捨離できずにいることは、生きた証を残したいという幻想にとらわれていて、そこを脱していない証拠なのだろう。

昨夜は祇園祭の宵山だ。今日は山鉾巡業だ。雨でないのが幸いだ。昨日、散歩から帰って、自家製のかき氷を食べた。氷いちご、実にうまい。いよいよ夏本番だ。

· **facebook**.

(2014.07.17)

ぜひ頼みたいことがあります。もうやっていただいているかもしれませんが、例の電子ブックの『追憶の文化大革命』上下を購入してください。ボイジャーの話では、まったく購入者が居なくて困っているようです。購入したのは、私とボイジャーの社員だけだったそうです。それで、あなたも購入してください。一番下にあるアドレスをクリックするだけでよいのです。金額は安いと思うので（各389円、税込み）、私のためにコイン2個分、奢ってください。

そして、ボイジャーから以下のような文章が来たので、宣伝してくださいませんか？

＝＝＝＝＝＝＝＝＝＝

萩野脩二さんが電子出版をしました。

李城外著『追憶の文化大革命』です。翻訳を萩野脩二・山田多佳子が行なっています。

文化大革命（1966－1976）——若者が赤い旗を振り、毛主席語録を振り上げ歩く姿がイメージされることでしょう。これが中国全土を席捲しました。すべては革命のために生き続けるという信念があったのです。李城外は文革終息後の文化人たちの「追憶」を記述しました。事件当事者たちの生の体験は、事件を共有させ、せめて同じ過ちを繰り返すまいとする人々の誠意と哀切が込められています。すべての事件が風化するという社会事象の中で、私たちに時代を生きるとはどういうものであるかを示唆しています。

上巻に登場する人物：

謝冰心（作家），臧克家（詩人），張光年（中国作家協会副主席），周巍峙（文化部部長代理），韋君宜（作家），薛徳震・楊瑾（夫婦出版家），牛漢（詩人，『新文学史料』誌主編），陳羽綸（『英語世界』誌主編），許磊然（女性翻訳家），楊静遠（女性翻訳家），侯愷（もと栄宝斎総経理），丁寧（女性作家），張兆和（沈従文夫人），李小為（李季夫人），胡海珠（侯金鏡夫人），陳今（王子野夫人），趙友蘭（曹辛之夫人），司徒新蕾（司徒慧敏の娘），楊絳（翻訳家），杜恵（郭小川夫人）

下巻に登場する人物：

楼適夷（“左聯”の元老），蕭乾、文潔若夫妻，厳文井（作家），金冲及（歴史学者），宋木文（新聞出版署署長），陳早春（人民文学出版社社長兼総編集），王世襄（都の奇人），許覚民（文学評論家），程代熙（学者），林鍇（書画家、詩人），楊子敏（『詩刊』誌主編），謝永旺（『文芸報』誌主編），崔道怡（『人民文学』誌常務副主編），周明（中国現代文学館副館長），楊匡満（『中国作家』誌副主編），閻綱（文学評論家），涂光群（『伝記文学』誌主編），王蒙（作家），舒乙（老舎先生の息子）

作品詳細ページ：http://tt2.me/16309

＊芳恵：先生、早速購入しました。もうすぐ夏休みが始まりますので、じっくり読ませていただきます。

＊へめへめ：遅くなりました。私も購入いたしました。

＊邱羞爾：芳恵先生、ありがとうございます。

＊邱羞爾：へめへめ先生、ありがとうございます。よろしく。

・**facebook**.　　　　　　　　　　　　　　　　　　　　　　　　(2014.07.19)

いつも変わった「暑中見舞い」をくれる魔雲天から、今年は富士山の写真の絵ハガキが送られてきた。彼は来週からはブラジルへ〝避暑〟に行くと言う。

・**狂信者の兄弟**　　　　　　　　　　　　　　　　　　　　　　(2014.07.21)

ボイジャーの萩野正昭氏のFBをシェアしたはずなのですが、うまくできなかったので、コピーしました。
私たちの翻訳した本を、こんな風に評価する人がいるなんて、感動を覚えました。
　　＝＝＝＝＝＝＝＝＝＝＝＝
　　萩野 正昭　7月18日
　　Romancer（ロマンサー）で作られた『追憶の文化大革命』（上・下）という電子本があります。文化大革命（1966 - 1976）を知らない世代が書いたものです。作者の李城外は1961年代に生まれ。彼の故郷は、湖北省咸寧の向陽湖の湿地帯で、ここに中央に暮らしていた芸術・文化人とその家族6000人が「下放」されたのです。なぜ、この本が選ばれたのか？　多くの中国人名の漢字対応という課題、多量の注釈リンクを処理するRomancerにとって最適な実験対象だったのです。注釈なしに『追憶の文化大革命』は読むことが出来ません。その人物が何者であるかも私たちには知識がないからです。中国を如何に知らない私たちであるかという現実を、注釈の数が雄弁に物語ります。翻訳者の一人は私の兄です。
　　『追憶の文化大革命』が売れないことを兄弟はきょう語り合いました。その一部を

● 2014年

お知らせします。

〜〜〜〜〜〜〜〜〜〜〜〜〜〜〜〜〜〜〜〜〜〜

萩野脩二さま
苦戦は承知です。私たちの行く道に楽なものなどなかった。
だけど、そうだからといって苦戦をうそぶいていても仕方ない。少しは売れるものだと信じて、呼びかけをしようと思います。
文化大革命という歴史的事実があったのです。とんでもない事件でした。そこに生きた大多数の人々がいた。彼らは何を思い、それを後世に伝えたのか。『追憶の文化大革命』は、貴兄がいう日本の現実を振り返る機会に十分なりうると思います。芸術にいそしむだけの文化人が、荒地の開墾に立ち向かい、そこに稲穂のなびく光景を目にしたとき思う感慨……これが革命の本質だったのでしょう。私はこのことを知っただけでも『追憶の文化大革命』を電子出版してよかった。だから、出来るだけこの本の存在を叫びましょう。〝狂信者の兄弟〟　そう言われたっていいじゃないですか！
http://bit.ly/binb_tsuioku_01
http://bit.ly/binb_tsuioku_02

・**facebook**.　　　　　　　　　　　　　　　　　　　　　　　　(2014.07.25)
私が書いた内田先生の本の書評が、やっと『東方』 ８月号に載った。「野心的な資料集」という題だが、これで内田先生へのお礼ができた。

　＊内田 慶市：こんな素晴らしい書評を書いていただいたのは初めてです。

　＊邱羞爾：内田先生、ご親切にありがとうございます。そう言ってもらうと私も嬉しいです。ただ、こういう立派な学術書には、もっと若い人（たとえばH.F. さんのような人）に書評を依頼した方が良いのではないかと、僭越ながら思いました。

・夏バテ　　　　　　　　　　　　　　　　　　　　　　　　　　　(2014.07.27)
すっかり夏バテをして、ぐうたらしてしまった。今日 26 日など、京都は 38.3 度だという。冷たいものを飲んでばかりいるうえ、冷房の部屋に入って、出られなくなってしまった。冷房の部屋に入ったときはとても良い気分なのだが、いつまでもいるとダメだ。外に出られなくなるから。今日のように、冷房の部屋を出たとたん、熱気が

ムーッと襲ってくるから、何もしたくなくなる。とても散歩に出ようという気が起こらない。そこで今日はサボってしまった。午後の散歩の前に、「大相撲」をTVで見ていて、結局6時になってしまったから、結果的にサボったことになる。

それでも一度、外に出た。腕時計が止ってしまったので、百万遍まで出て、電池を換えてもらい、ついでにバンドも変えて来たのだ。時計の小売りの商店など、町にはほとんどなくなってしまった。銀閣寺道にあった時計屋はとっくに店をたたんでしまった。外は、今を盛りと暑い太陽がギラギラと照っていた。セミも、ジーッと鳴く奴がいて、如何にも暑い。帰宅して、自家製のかき氷に、冷やした麦茶を飲む。また、冷蔵庫の氷を2，3個口に含んだり、熱いほうじ茶を飲んだり、むちゃくちゃをしているから、胃がおかしくなった。これが夏バテの原因だ。なんのことはない、自らの自堕落な生活ゆえのことにすぎない。締まりがなくなった理由は、1つにはストレスがある。ストレスなんていくらでもあるから、本当は理由にはならないのだが、ストレスを理由にすると格好が良いから、ストレスにしておこう。

今日の自堕落は、うっちゃんの本の書評に対して、本人のうっちゃんが喜んでくれたことがある。これは半分御世辞だとしても、とてもうれしい。ホッとした。ホッとして、自分に甘えてしまったのだ。そもそも、うっちゃんが馬鹿でかい資料集『漢訳イソップ集』を私にくれた時、私はその馬鹿でかさに感心した。これだけの資料を積み重ねたことに感心したのだが、そういえば、これまでのうっちゃんのFBに、いろいろな図書館の報告と食べ物の報告があったことに、思い至った。結果としての業績を生み出す過程の汗と辛抱と喜びとを、私は羨ましいと思うと同時に、無機質な資料の背後にある有機的な息遣いを感じたのである。それで、私はこのブログに、そういったことを書いた（3月12日）。これを読んだうっちゃんが、気に入って、『東方』に書くように言ってくれた。私は一応お断りした。私は「書評」するような蓄積を持っていない、と。でも、うっちゃんは「感想」でもよいと、すぐさま『東方』の編集部に話を付けた。やむなく私は、お引き受けし、「書評」らしきものを書いたが、編集部の言うには、量的に足りないとのことであった。そこで、少し量を増やして『東方』に送った。3月だったか4月のことだろう。実感主義の私は、書いたものがすぐさま発表されないと新鮮味がないことを知っている。私の文章はせいぜいタイムリーであることがウリだと思っているから、『東方』に、いつ載せるのかと聞いた。つまり、早く載せるようにとせっついたのだ。そこで『東方』8月号に載ることが決まった。

でも、書いた文章が良いかどうか、これはいつも気になる事であって、本来他人の評価によるものだ。でも、今回だけは私はうっちゃんが良ければそれで構わないという

遊生放語―――――081

2014年

気持であった。うっちゃんは、「内田教授」と書いたことが気に入らないと言ってきたが、ブログの『Munch 2』ならばともかく、『東方』となれば、「うっちゃん」とはいかないだろう。私が「うっちゃん」と書いた「情」の部分を割愛して、いささかなりとも真面目くさった「内田教授」でなければならない「書評」は、私には苦しいものであった。その文章をうっちゃんは、良かったと言ってくれたから、そういうわけで、今日、ホッとしたわけだ。ありがたいことだ。

・facebook. (2014.07.27)

余華著、飯塚容訳『死者たちの七日間』（河出書房新社）を読んだ。小説は何よりも読みやすい。訳者のこなれた日本語にもよるが、とても面白く読んだ。小説の意図することなど私は詮索しなかった。ただ語りにしたがって、筋を追った。死者が安息の地である墓場に行けずに7日間も漂っているなんて、私にはどうでもよかった。一番印象に残ったのは、主人公である楊飛と李青の愛の話だった。私には中国小説の中で初めてといってよいほど、男女の愛が見事に描かれているように思った。愛しているのに、別れてしまい、別れてみて初めて互いの愛に気付く。こんな愛情物語を中国小説で読むのは初めてだ。いや、この頃不勉強な私が知らないだけなのかも知れないが、2人の愛の告白は、とても素晴らしかった。他にも中国の現実がちりばめられているが、私にはこれだけで十分な小説だった。

原題の「第七天」を「死者たちの七日間」としたことに違和感はなく、さすがに内容をよくとらえていると思った。

・facebook. (2014.07.30)

我が家のブルーベリーは、今年は豊作です。鳥がついばみにやって来ますし、地面に落ちてしまうものもあります。一度、穫り入れましたが、今日もまた穫り入れました。ご覧ください。

・検査入院 (2014.08.03)

明日8月4日から、検査入院のために、しばらくお休みいたします。FBも、メールもお休みです。よろしくお願いいたします。

・退院

(2014.08.10)

昨日9日に退院しました。検査結果は月末でないとわからないので、今は執行猶予の期間です。台風11号が接近しているので、やはり家に帰った方が安心です。

入院中に、本を2冊読みました。

1冊は、吉田富夫著『莫言神髄』（中央公論社新社、20130825、188頁、2,200+α円）です。もちろんこの本の中に収められている文章の幾つかはすでに読んでいましたが、改めて読み直してみました。2012年にノーベル文学賞を取った中国の作家・莫言（ムオー・イエン）の文学の特色について鋭い指摘が随所にやんわりと書いてあるので、とても読みやすい本でした。莫言についての理解が一層進む本です。だが私が一番感じ入ったのは、吉田さんの莫言に寄せる親愛の情でした。この本、特に「莫言の世界」という文章には、吉田さんの莫言に寄せる愛情というか親密な感情に溢れています。莫言を評論してやろうとか、莫言の現代的意味を解明してやろうとかいう〝生臭い〟文章ではありません。むしろ、〝ぼく〟と莫言との共通点を基軸にした心優しいエッセーでした。これがこの本の特徴だと思いました。年の差を越えて、国を越えて、近しいものの感じる情が、平明な文章の内に語られていました。吉田さんのセンスの良い見事な文章もなかなか読みごたえのあるものでした。吉田さんが良く言う「俺も農民の子だからな」というしたたかな情の結びつきに対する信頼が、この本の優れた点だと思いました。こういう点で、もっとももよい莫言文学の解説書です。

もう1冊は、相原茂・内田慶市編『ことばのふしぎ──中国語学読本』（朝日出版、20140115、86頁、1,800+α円）である。これは、ややもすると文学作品ばかりに偏りがちな大学の中国語学習に、ことば本体の面白さを伝えようとする教科書である。私には話の内容に感心するものばかりであった。よくまあこんなにことばの材料を集めたものだと感心した。ただ、これは授業のやり方を工夫しないと生きてこない教科書だと思った。普通のように、読ませて訳させるだけでは、たとえ工夫した「演習」があっても、文学作品よりももっとつまらないものになる恐れがある。教授者にそれ相応の学識がないと、教科書が生きない難物だ。私は時間があったので、この教科書を2度読んだ。各科の本文をしっかり頭に入れて対応すれば、より一層面白く生きてくる教科書ではないかと思った。それにしても、2人の学識の広さには、深さとともに感心した。

個人的には、課文のなかに「五七幹部学校」が出てきたのには、嬉しくなった。「什么事情都能干出来」（どんなことだってやれる）というのが貶義詞（けなす意味の言葉）であるとは、勉強になった。ここには五七幹部学校を指導した指導者たる解放軍の将

●2014年

兵の教養の質が自然と現われているのだが、それは本文と関係ない、私個人の感想である。

台風11号が高知の安芸市に上陸して、いよいよ近畿地方にも接近してきたので、もちろん散歩は中止です。この1週間ほど散歩をしないでベッドで寝てばかりいたので、却って腰が痛くなってきました。明日は晴れとなるでしょうか。

・facebook.

(2014.08.10)

＊へめへめ：良かったです。安心しました。

＊邱羞爾：ありがとうございます。台湾でお仕事のようですね。大過なく過ごされますように！

＊芳恵：先生、おはようございます。退院されたとのこと、良かったです。昨夜から強い風雨ですね。まだ暑さも続きますから、ゆったりとお過ごしください。

＊幽苑：良かったです。今後もご自愛ください。

＊邱羞爾：芳恵先生：ありがとうございます。

＊邱羞爾：幽苑さん：ありがとうございます。

＊うっちゃん：大丈夫ですか？

＊邱羞爾：うっちゃん先生、ありがとうございます。検査結果は月末になるので、それまでは執行猶予の期間です。

＊Fengfeng：入院されていたのですか？
存じ上げず失礼しました。どうぞゆっくりご養生ください。

＊邱羞爾：ありがとうございます。もう台湾には行かれましたか？楽しい休暇を！

＊国威：暑中お見舞い申し上げます。

＊大介：まずは退院されたとの事で一安心しました。

＊邱羞爾：国威先生、お懐かしいです。ありがとうございます。ただ、もう立秋が過ぎましたから「残暑見舞い」となります。明日からまた暑くなりそうですね。

＊邱羞爾：大介君、ありがとうございます。先月末に第2子が生まれたとか。おめでとうございます。

＊真宇：先生大丈夫ですか(O_O)
お大事になさってください！

＊邱羞爾：ありがとう。君は例のお化粧道具できれいになりましたか？

・facebook.　　　　　　　　　　　　　　　　　　　　　　　　（2014.08.12）

今日また、ブルーベリーを収穫した。これで3回目。我が家のブルーベリーはとても小さくて、市販の3分の1か、2分の1しかないけれど、甘さはそんなに違うようには思えない。何事も収穫というのは嬉しい。

・無能無芸　　　　　　　　　　　　　　　　　　　　　　　　（2014.08.13）

入院などするとよその患者さんと寝食を共にしなければならない。私は個室などではなく、大部屋だ。今度入院したところは最新の設備がそろっているらしく、4人の病室に1つトイレがついている。洗面もついている。これは助かる。

朝起きると大概は挨拶をするものだ。そもそも入室した時に挨拶として名前を名乗るものだ。私はもちろんそうしたが、今回初めて、後から入ってきて何の挨拶もしない者に出会った。そいつは私よりも1日前に退院して行ったので、短い期間だから、いちいち挨拶などしていられないと思ったのだろう。後から入って先に出て行く、このことだけでも不愉快なものだ。ましてちょっと顔を合わせても——とても狭い1つの病室なのだ——、知らぬふりとは呆れるではないか。年も結構取っている。ただ、エラそうな奴ではあった。

エライとはどういうことかと観ていると、決して世俗の地位ではなく、謙虚さにあると思える。腰の低い、言葉の丁寧な人は、話をしていても、なかなか説得力があり、それが感じが良く、話をしていても和（なご）んでくる。こういう人こそ実にエライ

人だ。

患者同士で話をするが、私はほとんど話をすることができなかった。話題がないのだ。そして、世間知らずなのであった。たとえば、よその土地のことを話しても、他の患者は良く知っている。私は、およそ行ったこともないし、聞いたこともない。彼らは自動車であちこち行くので、世間が広い。あそこまでは何キロであるとか、名物は何であって、どこそこの店がおいしい…など。私のように運転免許を持っていない者は黙ってしまうほかない。あるいはまた、自分の趣味や好きなことを互いに話す。これがまた私には苦手だ。およそ趣味というもののない私は、そういう話でも黙しているほかない。黙っていると、一緒に話し合わない不遜な奴と思われる。妙な雰囲気になるものだ。私はつくづくと自分の無芸無能ぶりの情けなさを感じるのである。一宿一飯の…というが、何宿何飯も一緒にするわけだから、互いになれなければならない。若い看護師さんがやってくる。熱を測り、血圧を測る程度のことでも、尋ねてくれるのは嬉しい。まして若い娘なのだから。皆一刻でも長くいてもらおうといろんな話をして、彼女たちを笑わせる。これがまた、実にうまい。自然である。私はといえば、妙に口ごもったり、どぎまぎして、却ってつまらない雰囲気になってしまう。自分の無能ぶりを恥じる次第である。

ただ、負け惜しみを言えば、病院で親切にされるのは重篤な場合だ。だから、素っ気ない方が幸せなのだと思う。病院でベッドに横になって、デレデレしていてもしょうがないのだ。病院では、しっかり出された病院食を食べ、良く寝て、早く出ることだ。だから、私は、食事はおいしく残さずに全部食べる。今回の入院では、驚いたことに、食事がおいしかった。「病院の食事」といったら、世の中で一番まずいものの代表みたいなものだった。ところが今回は、おコメも光っていたし、ナタトゥーユなんぞが出るし、とても工夫されていておいしかった。もちろん残さず全部食べた。よく、家から梅干しや海苔などを持ってくる者もいる。ラッキョウなどを家の自慢だとして持ってくる者もいる。食べ物に関しては、決められた食事を残さず全部食べ、余計なものは食べない方が良いだろう。

風呂に入るのが嫌いな私は、病院での入浴が不便なのは平気であった。ところが今回は、なんと風呂桶がなくて、すべてシャワーになっていた。9時から21時まで自由に入れる。シャワーが男女に2つずつしかないので、空いていたならばの話だが。これも、私は大変感心した。病院側も患者側もずっと簡便になったと思う。

私が入室していたのは8階の最上階であったが、救急車のサイレンの音が意外に耳障りであった。夜中でも朝方でも、救急車はのべつひっきりなしにやってくる。そして

サイレンの音がすぐそばにいるかのように聞こえる。隣の患者のいびきだとか、ゴソゴソおきての物音などはあまり気にならないのに、救急車のサイレンの音だけは大きくはないが、周波数の関係か、大変耳につく。8月6日にあった震度4の地震など、そんなに揺れなかったが、音はかなり耳障りであった。

生活のリズムが完全に狂ってしまったので、退院して元に戻すのに骨が折れる。といっても、それまでも自堕落な生活をしていたのだから、戻すべき立派な生活のリズムなどあるはずがないが、そろそろゆっくりと良いリズムを取り戻そう。

散歩はまた、やり出している。

・facebook． (2014.08.16)

今日16日の京都は、猛烈な雨が降った。ダメかと思われた大文字の送り火が、しかし、定刻の午後8時に行なわれた。規則通りにものごとが行なわれて進行していくことは安心感を与えるものだ。そこで、家の前の通りからの写真1枚。

＊へめへめ：先週は台南でも異常な大雨が降り、一日休講になりました。全世界異常気象ですね。でも晴れてよかったです。

＊幽苑：梅雨時に雨が少なく、この時期に大雨が降るのは、やはり異常気象ですね。恒例の花火大会やお祭りが中止になったりと、やはり夏の行事が中止になるのは寂しいですね。そんな中で、五山の送り火が行なわれ安心しました。

＊邱羞爾：台南の研修は大変スムーズに行って楽しそうですね。大雨で休講になったとは初めて知りました。それはそうと、あまり大酒を飲みませんように！

＊邱羞爾：幽苑さん、おっしゃるように、花火大会やお祭りが中止になる中、「送り火」が予定通り行われました。ちょっと小雨になった時でした。幸いなことです。

● 2014年

・facebook.   (2014.08.22)

昨夜、虫の音を聞いた。まだあまりきれいではなかったが、秋が近寄ってきていることがわかった。

・昼寝   (2014.08.22)

普通の日本人は昼寝などしないものだ。だが、私はこの頃昼寝をしないではいられない。多分、1980年に中国に行ってからの習慣かもしれない。でも、退職する前は、なんといっても昼の時間に寝る余裕などはなかったから、やはり退職してからのぐうたらな生活のせいかもしれない。昼寝をうまくすると効率が良くなって、大変良いものだと実感するのだが、そんなことはごくまれで、昼寝のあと、却って眠くなるものだ。昼寝をして喜ばれるのは赤ちゃんだ。赤ちゃんならば、寝る子は育つなどと言われて、昼寝を歓迎される。大概の母親も一緒に昼寝をする。この時が一番幸せなのかもしれない。

ぐうたらな私に刺激を与えようとばかりに、畏友・植松正（うえまつ・ただし、元京都女子大教授）氏が「抜き刷り」を贈ってくれた。『東方学』第128輯で、「先学を語る——田中謙二博士」という座談会だ。出席者は、植松氏を始め井上泰山（関大教授）、筧文生（立命館大名誉教授）、金文京（京大人文研教授、司会）、三浦國雄（四川大教授）の5氏である。植松氏や井上氏は特に田中先生に個人的に師事して「元典章」や「元曲」を習った弟子であるから、その辺のことが語られていて興趣をそそるものであった。

付録として「田中謙二博士略歴」と「田中謙二博士　編年著作目録」があった。それによれば、田中先生は1976年に京大人文研を退職され、すぐ関大文学部教授になられているが、1981年には関大を辞職されている。私が関大に着任したのが1991年だから、すでにおやめになって10年近くたっていた。但し、1993年8月31日に小川環樹先生がお亡くなりになり、そのお通夜で偶然私は田中先生と出会った。その時に、「お前が関大に来ることになったのだなぁ」と、よしよしと言った調子で声をかけてくださった。うかつな私はその時に、田中先生も関大であったと思いついたものだ。そして、関大着任の挨拶をしていなかったことに気が付いた。改めてご挨拶に伺おうと思ったのだが、結局その思いは思っただけで、先生を中心とする読書会のことは聞いていたが、わざわざご自宅まで行くのもなんだと思って、そのまま失礼してしまった。

昼寝後のボケた記憶によれば、田中先生には「董解元西廂記」を学部の時にならったと思う。ロクに勉強もせずに、読めなくて当然とばかり、まじめに予習しなかった。

でも、元曲（実は金代の語り物）を読んだということが自信になった。井上氏が座談会で話しているが、1990年に山西省永済県で國際学会があって、それに田中先生や井上氏などが参加したそうだ。私は90年11月末に趙樹理（ちょう・じゅり、1906 - 70）の第3回国際学会があり、そのオプションとして、12月に解州の関帝廟や常平の関帝廟を巡り、永済の普救寺を見学した。普救寺は、西廂記の舞台となった寺だから田中先生は当然見学された。私はその後、永和宮に行ったのだが、普救寺での昼食の時、先に田中謙二先生が来たことを聞いた。同行者として「Jingshang Taishan」もいたというので、私は日本人で「Taishan（泰山）」などという名前の者はいない、「Taisan（泰三）」の間違いだろうと、大真面目に言いかえしたものだった。翌91年4月に関大に来て、はじめて「Taishan」なる人物がいて、同僚となったことを知った。

田中謙二先生との付き合いはほとんどない。敬して遠ざけたと言ってもよいかもしれない。ただ、優しみのあるお方だと思っていた。学問的な方法論と言ったようなものには、私は無縁だが、謝冰心（しゃ・ひょうしん、1900 - 99）のことを調べているうちに、伝統的な家塾のことにつき、先生が詳しく書かれていたので引用させていただいた。また、先生自身は学的な業績とはされていないようだが、謝冰心の短編を1篇訳されている。それは兵隊を扱ったもので、兵隊を硬直した発想で反対とか悪者として扱ったものではなく、情のある人間的な扱いをした作品である。そんなものを訳された先生だから、優しさのある人という印象を持っているのだが、もっと謝冰心について聞いておけばよかったと思っている。多分田中先生の師匠である倉石武四郎先生が謝冰心と入魂の仲であったから、そういう関係もあったのかもしれないと今では思っている。

昼寝後の朦朧とした頭では、その田中先生が訳された謝冰心の作品がなんであったか、今は思い出せない。私はどうやら大分焼きが回って来たらしい。

･facebook. (2014.08.23)

今、外に出ていてものすごい雨に襲われた。スーパーで雨宿りして30分ぐらいで小降りになったので、家に戻ったがずぶぬれになった。そして、今、晴れてきてセミが鳴いている。洗濯物がびしょ濡れになった。

　　＊純恵：先生、タイミングが悪かったですね…

―――――――――――――――――――――――――――――――――――――

　　＊邱羞爾：純恵さん、ご親切にありがとう。まったく今日は変な天気です。また

晴れて来たので、濡れたものを出したら、晴れているのに雨が降ってきてまた濡れてしまいました。

· facebook. (2014.08.26)

驚いたことに、李城外のブログに「日本著名学者秋野修二日記選」が載った。（8月25日）。

2008年9月の「咸寧、沙洋調査旅行（鄂南調査旅行）№1～5の中国語訳である。

訳者は、熊婧女史。なかなか良く訳されている。1か所、私が帰ったのが「京都」ではなく「東京」になっていたが…。

2009年4月に出した私の『探花囈語』の110～131頁の訳ということになる。

李氏と熊女史に感謝だ。

· 李鋭の『無風の樹』 (2014.08.28)

長いこと放っておいた李鋭の小説を読んだ。『無風の樹』（岩波現代文庫 文芸188、2011年7月15日、292頁、980+α円）、吉田富夫先生の訳だ。

圧倒的な山西省呂梁地区の自然と貧困と重圧とに、言葉が出ないほどだ。

かつて北京から大同に向かう汽車で山西省に入ったとき、その土の異様な色に驚愕したものだった。土などと言えない岩盤が凸凹に連なり、樹木や草の緑のない土くれに、どうして人間が、いや、人類が生存できるのだろうかと思ったものだ。呂梁地区は晋西（山西省西部）に当たるので、私の見た雁北（山西省北部）や、晋東南（山西省東南部）とは違うけれど、不毛を表す黄土地帯であることには変わるまい。そういう土地の表面に、ほんの少しの家や窰洞（ヤオドン、洞穴式住居）が貼りついている。当然、人は満足に育つはずがない。小説でも、人は風土病になり、小人になっている。でも、ここにも男と女がいて生活しているのだ。

小説では、生産隊の隊長（＝天柱）もおり、その上の公社の主任（＝劉主任、本名劉長勝）もいる。共産党はこんな奥地の辺鄙な所にまで、組織化しているのだ。わずか9戸の村にも、もとの富農がいて、それが「びっこ叔父」（＝曹永福）なのだが、彼が、村の唯一の女性・暖玉（外から流れてきた逃散農民の娘で、この村にロバと食物で売られた）の秘密を守るために首を吊った。そういうわけで、この村で階級闘争の純化（いわゆる文化大革命）をしようとした、若い都市から下放してきた男（＝苦根児、本名は趙衛国、革命烈士の子）の計画を狂わせてしまう。階級闘争は複雑だ、と苦根児は呻く。この地の地主も富農も、土地改革の時に村を逃げ出したが、「びっこ叔父」だ

けは逃げ遅れ、その後何かの闘争があるたびに、槍玉にあげられていた。苦根児は、階級純化闘争のこの機会に、劉主任が暖玉と関係あることを暴いて、闘争の実をあげようとしたのだが、「びっこ叔父」が首をつって自ら口を封じてしまったので失敗する。天柱は、「びっこ叔父」の葬儀を昔通りのしきたりで執り行う。

急に李鋭の小説を読みたくなったのは、１つには文化大革命のことが書いてあるからだが、もう１つは吉田先生からこの本をもらって、訳本があるからでもあった。更にもう１つは、私は山西省の太原で李鋭夫妻にあったことがあったからでもある（あったのは1990年だが、私の手元には、江蘇文芸出版社の本と、その表に「萩野脩二先生恵存　1997年４月　太原」と書いた李鋭のペン書きのサインがある）。あの時は、何を話したか思い出せないが、お昼の食事をして妙に盛り上がったことを覚えている。だから、食後、李鋭が「今日は盛り上がったじゃないか」と山西文連の者に言っているのを聞いたものだ。

それはそうと、このたび一読してびっくりした。

１つは訳文が優れていることだ。「叫」や「叫喚」を「叫ぶ（おらぶ）」と訳すとか、罵りの言葉「你妈×的」とか「他妈×」とか「我日他一万辈儿的祖宗」などを「クソったれのど畜生め！」と訳した。また、３人称を「あれ」などと訳すのは、李鋭の中国語を完全に日本の農民の言葉にしたものだ。言葉つきと言い、話しぶりと言い、日本の百姓の言葉に近づけようとする努力が見られる。

もう１つびっくりしたことは、各章に人名を入れて、誰の独白かをはっきりさせたことだ。原文にはない章の表題は、日本の読者の読解に役立つ。思い切って入れた発想に拍手を送りたいところだ。

それともう１つは、李鋭の変身である。李鋭と言えば、彼の『厚土』（私の手元には、李鋭から贈られた1989年７月、浙江文芸出版社の本と台湾洪範書店、1988年10月の２冊がある）が思い出せるほど、短編集『厚土』が出世作だ。そこには、都会から来た知識青年の思考が、呂梁地区の農民の思考に、ものの見事にへし折られ、おどおどする若者の感性が描かれていた。李鋭が〝蒼涼〟（＝荒涼としている）と言う、山西の自然からの受け身の発想が、リアルであり、独特であった。だが、この『無風の樹』は、李鋭自身も「あとがきに代えて」で言うように、まったく文体も態度も違った。少なくとも山西の自然を能動的に取り入れ、その宇宙圏で人物が動いているようになっている。独自の声を発している。

〝生きているものの絶対的な孤独感がここには描かれている〟というのが、解説者・吉田富夫氏の「あとがき」だが、営々と続く生の営みの絶対的な虚無が、見事に剔抉さ

遊生放語　　　　　　091

れているような気がした。山西省の北方のあの風土を思い出せば、私には呆れるほど
の〝無〟が身に迫っているような気がするのだ。

なお「無風の樹」とは、解説によれば、「樹は静かならんと欲するも風止まず、子は養
わんと欲するも親は待たず」という『韓詩外伝（かんし・げでん）』の言葉で、「風が
止めえざるように、親に孝行を尽くそうにもいつかはいなくなるというもので、いか
んともするすべなき絶望を表す。」とある。

・facebook. (2014.08.29)

夕方、散歩に出かけようとしたとき、「いやな雲が出ているな」と思ったが、なんとか
持つだろうと出掛けた。いつものコースの半分ぐらいの時、ポツリポツリと雨が降っ
てきた。西田橋を渡り、銀閣寺湯を過ぎて白川沿いを歩いていた時だ。私は残念なが
ら走ることができないので、それでも、精一杯早足で歩いて、帰って来た。やはり雨
に濡れてしまったのだが、ザーッと降ってきたわけではないので助かった。とはいえ、
私の見当が外れて残念だった。

・facebook. (2014.09.04)

悪性新生物（＝がん）が見つかったので、他に転移していないかどうかを検査した。今
日４日、第１段階としての検査では転移していなかった。当然とはいえ、ほっとした。

＊幽苑：良かったですね。

＊へめへめ：安心しました。

＊邱羞爾：幽苑さん：ありがとうございます。

＊邱羞爾：へめへめさん、ご心配をおかけしました。

＊へめへめ：手術は受けられたのですか？

＊邱羞爾：私の体の具合から、手術はまだしていません。

＊へめへめ：くれぐれもお気を付けください。ご無理をなさらぬよう。

・第2か第3の人生
(2014.09.04)

そもそもが任意の京都市の無料検査から始まった。検査の結果、数値が異常に大きいということで、京大附属病院で再検査をすることになった。そして、8月の初旬に入院して生検（＝バイオプシー）をした。その結果、8月下旬に悪性新生物（＝癌）があることが確定した。ほかに転移していないかどうかを検査して、今日9月4日に転移していないことがわかった。ほかにもまだ検査があるが、「転移などしてたまるかッ」という気持ちで臨んだ結果だったので、「今日のところ転移していません」と医者から聞いて、正直ホッとした。

昔から私は結果発表には弱かった。入試に類する試験など2回しか受からなかった。後は落ちてばかりいた。高校入試、就職試験など。就職試験などは、いわゆる会社の入社試験も、職業の採用試験も落ちてばかりだ。今度の検査なども、合格しなかったのだと言ってよいだろう。こんな検査はなまじ合格しない方が良いのだ。引っかからない方が嬉しいということになる。だから、今日も割と平気で結果を聞いていたが、まかり間違えば大変なことになっていたのだろう。

私はかつて受けた高校入試の発表の日のことを思い出していた。あの日は晴れていて、遠く富士山が頭を白くして覗いているのがよく見えた。合格発表の掲示版を見ていくと、私の番号がない。私の番号の前から後ろまでとんでいる。「あれっ」と言った気分で、現実がつかめなかった。人生で初めての挫折であったのだろう。

あの時のことを思えば、「転移しています」などと言われたならば、気楽に、"今までの人生観と違うようになる"などと言っていられなくなったはずだ。そう思うと、8月末に「癌がある」と言われたときから、今までとは違う人生を始めるべきであったのだろう。でも、当人はノホホンと他人事のようにピンと来ぬままで、だらだらと日を過ごしている。

計算すれば、あと残り何年でもない人生だから、毎日マシな暮らしをすべきなのだろうが、どうも〝おっぱずかしくて〟、そんな風に真剣になれない。よく考えれば、私にはどうしてもこれをやりたいだとか、好きなこれをしたいというようなことがない。昔から、「何が好き？何が食べたい？」と聞かれるのが苦手だ。何もこれと言って好きなものがないのだ。何が食べたいのか自分ではわからない。あれも好きだしこれも好きだということもあろう。また、今日はこれが好きだが、明日も好きであるかどうかわからない。要するに選択して1つのことに決定することが苦手だった。白黒をはっきり決めることは一層苦手だった。私には昔から、意欲がなかったのだと言えよう。この傾向は今でもなおらない。多分、"これは厭だ"ということならば確固としてあるの

遊生放語 ──── 093

●2014年

だろうが、"好きだ"、"やりたい"というプラスの傾向の方は、ダメな男であった。し
たがって、私自身マシな人生を送ってこなかったなぁといつも思っている。
癌のある現在、少しはプラスの方向を以って、残りの人生を有意義に過ごそうと思う
ようにしたいと思う。そのためには先ず環境整備だ。私の周りには、本やコピーやメ
モの紙など、整理すべきものがいっぱい溜まっているので、何はともあれそれを片づ
けたいと思う。私の周りの環境を整理することは、きっと過去を切り捨て、単純明快
な未来志向になれるのではないか。私の第2か第3の人生を開始しなければなるまい。
尤も、こんなことは過去には何度も試みたことなのだけれど…。

＊ひゅん：この夏は大連、広州と二回に分けて中国に行き、あっという間に過ぎ
ました。久しぶりにMunchを訪問し、びっくりしています。先生の気合いで転
移がなく、本当によかったです。とにかく無料検査で見つかったこともラッキー
でした。最近は怖い病気ではなくなったとはいえ、私はやっぱりガンと聞くとド
キッとしてしまいます。でも病を得たことで気持ちを切り替え、新しいことをお
考えになるガッツはさすが！先生です！！どうかいつもと変わらずにそして今ま
でより少しご自愛ください。中国のこと、いろいろ書きたいのですが、それはま
た個人のメールでご報告します。

＊邱羞爾：ひゅんさん、コメントをありがとう。大連・広州と大変でしたね。で
も、良い夏休みになったことでしょう。ぜひ話が聞きたいものです。
もう後期が始まったのでしょうね。これも大変なことですね。
私の方は、まだピンとこないのです。10月1日から治療その他が始まります。今
のところ、手術は考えていません。ちっとも「ガッツ」なんてないのですよ。た
だ怠惰なだけで、真剣になることに疲れていると言った方がよいようです。だか
ら、あなたのメールなりコメントが刺激になって嬉しいです。

＊ひゅん：先生、コメントをありがとうございました。来月から治療ということ
ですね。「気合いだ～！！！」またメールさせてもらいます。

・facebook.　　　　　　　　　　　　　　　　　　　　　　　　（2014.09.05）

先ほどまで、TVで拳闘の試合を3つも見てしまった。村田諒太と井上尚弥はかろう
じて勝ったが、八重樫東（やえがし・あきら）は圧倒的な勝負で、ノーマン・ゴンザ

レスにTKOで負けた。気分がすっきりしない。

· **facebook.** (2014.09.07)

昨日、岩波書店から本が届いた。

井波律子著『中国人物伝Ⅰ——乱世から大帝国へ　春秋戦国—秦・漢』（2014年9月5日、275+5頁、2,800+α円）だ。

井波さんは、大学院を出てから出版社に入って、日本語について大いに勉強したらしい。この経験から、彼女の書く物はよく売れると出版社間では評判になっている。

それにしても、彼女は次々と本を出している。『世説新語』の全訳（平凡社東洋文庫、全5巻）を出したばかりだ。驚き感心している。

そこで、頂いたその場で彼女にメールでお礼を言った。「あなたの精力的な活躍に、驚嘆しています。ありがとう」と。

· **友と会う** (2014.09.08)

急に電話があって、近くまで出たから会おうということになった。銀閣寺道のバス停で落ちあい、喫茶店で話した。この喫茶店のおかみさんは働き者で、よく私の散歩兼買い物の時にすれ違う。先日来から目礼をする仲になっていた。だから、ここを選んだのだ。

友もさすがに老けていた。互いに久しぶりなので家族のことから話し始めた。まず何よりも、親の介護のことだ。彼の父母も、彼の奥さんの親も長寿だった。それだけに介護が大変だったようだ。自分の兄弟姉妹との関係は、こういう時にスムーズではなくなる。互いの話の苦労が良くわかる。そんな経験を積んだ年になったのだ。更には、子供や孫のことが煩いのネタとなる。結婚するかどうか、結婚してもその後の生活が順調であるかどうか、話辛いことの方が多い。

そして、自分のことになる。体調のこと、日々の過ごし方のことなど、日に日に下り坂をたどっているわが身をわかりあって意見を言いあえるのも、友であるからだろう。友というのは学生時代（大学院の時から）一緒の下宿生活をしていたからだ。だから、お前は良く寝ていた。昼間などほとんど寝ていたなどと言われる。そんなことはない、ちゃんと授業にだって出ていたという私の反論に、そうだったな。でも宵っ張りだったと言いなおす。そういう言い合いの中から昔のいっときが甦（よみがえ）る。

自分の体調のことになると、私はいくらでもいろんな障害のことを訴えたいが、限度をわきまえないといくら友でも気まずくなる。もともと丈夫な男で彼はあったから、私

にはたいていの障害については先輩面ができるのだが…。彼も言う、頭がおかしくなっている、と。記憶も悪くなっているし、言葉がスムーズに回転しない、とも言う。そうか、そうだねと言いつつ、互いの老化現象の程度を確認しては、安心していた。

人に会おうというのは、元気な証拠だ。私などはなるべく人に会いたくない。彼は今なお、朝日カルチャーの講師をしているそうだし、京大人文研のある研究会の非常勤講師にもなっているそうだ。この研究会は今開店休業なので、非常勤講師を辞退しているそうだが、そういう義理堅いところに彼の誠実さが残っている。

彼は自らこう言う。今、やっと介護などの世話から解放された。やっと時間ができた感じだ、と。こういうことが言えるのは、きっとその渦中の時に苦労したからだろう。私のようにノホホンと生活している者に、一陣の涼風を残して、彼は行った。

· **facebook**.   (2014.09.08)

今宵は中秋節。東山から上った月が今、中天に向かっている。久しぶりに雨が上がり、晴れて月が見える。虫の音も本調子になり、すっかり秋だ。でも月齢は、14.5 だそうで、15 夜は明日になるのだそうだ。

· **facebook**.   (2014.09.10)

今日は楽しい日を過ごした。中国から 2 年ぶりに帰国した大学院生（女性）を招いて、話をし、食事をし、PC で映像を見たからだ。彼女がどんな収穫を持って帰って来たかは、これからのことなので、あえてお説教がましいことは言わなかった。今は、思い出す数々のエピソードで笑っていればよい、そんな気持ちで接したから、彼女も気楽になったことだろう。いよいよ帰国したのだから、これからは、ゆっくり、そして芯のある勉強を展開してほしいものだ。

· **facebook**.   (2014.09.14)

昨日 13 日に、2 年 5 か月ぶりに孫（男）に会った。さすがに大きくなっていて、歩くし、しゃべるようになっていた。目ざとくモニターを見つけてはいじくり回すなど、現代っ子だ。足元がしっかりしないまま走ったり、後ろ向きに歩いたり、ぐるぐる回ったりした。父親である私の子供が、当時こんな風であったのかどうか、まるっきり覚えていない。しょうしょう転んでも、机の角に頭をぶつけても、「かまやしないサ。そうやって覚えるのだ」と思うのだが、親の方は、そうはいかないと「あぶないっ！」と金きり声を上げ、手を出して頭などをかばっていた。子供も親になれば変わるもの

だとつくづく思った。

・秋

(2014.09.14)

今年ほど雨にやられ、水の怖さを知った年もあるまい。すでに3.11で津波の恐ろしさは知ってはいたが、大雨で山が崩れ、あちこちで被害にあっている。四国や北海道や広島など、本当にお見舞い申し上げる。

京都でも福知山市がひどい被害にあったが、そのほか北部が雨にやられている。綾部市などもそうだし、京都市内でも水があふれ道路が冠水した。小さな私の家でも結構被害にあっているが、それは話すにはお恥ずかしいほど些細な事柄だ。布団を干していて雨に濡れたことが3度もあった。空が曇って来て、まだ大丈夫だ。昼飯を食い終ってから…などと考えているうちに、雨が急に降り、雷が鳴った。また、良く晴れているから大丈夫と昼寝をしていた時に、いつの間にか曇って来て、大粒の水滴が落ちてきたなどということが2度もあった。1時間に85ミリもの雨が降ったこともあった。散歩の途中で降られたこともあった。だから、昨日今日など良い天気になったけれど、偏西風が蛇行して日本の上にあるうえ、北の寒気団が下りてきているそうなので、あちこちで集中豪雨が降る。今日のように良い天気で威勢よく布団を干しても、ビクビクと臆病になっている。

予報では30度に京都はなると言う。日差しは相変わらず強い。白い雲があるので余計青く空が見える。湿度がカラカラになっている。晴れは気持ちを元気づける。でも、朝晩はもう寒いと言ってもよいほどだ。虫の音も心なしか勢いがなくなってきたように思うし、昼間の蝉もツクツク法師が「オーシーツクツク、オーシーツクツク…オイシイヨー」と鳴くようになった。散歩から帰って、シャワーを浴びた後、肌に触れる風が冷たい。部屋だって出ていくときはドアーを手ついでに閉めるようになった。「暑い、暑い」と言っても、秋が身の回りに迫ってきているのだ。花も食べ物も読書も、昔から秋は適切な季節になっている。こちらの体力如何で、秋をいっぱい有効に受け入れられるということだ。

　＊Momilla: 先生、こんばんは。　ご無沙汰しております。

ここ数年は世界のあちこちで異常気象が頻発していますね。当地でも今年の夏は、梅雨明けから7月末までは連日35度以上の猛暑が続きましたが、8月に入ると一転して台風や前線の接近で雨、それも降り出すととことん大量に降るといった状況でした。私の住居も「山沿い」にあるため、ただでさえ普段からにわか雨が多

2014年

いのですが、この夏はそれこそ天気予報はあてにならず、9月になっても折り畳み傘持参で出勤する毎日です。幸いこれまでのところ、風雨による被害はありませんが…。

私も還暦を迎えましたが、この歳になってもいまだかつて見聞したことのないような災害のニュースに接するにつけ、自然の脅威には驚くばかりです。ここ数日は残暑の気配も感じられますが、気温の高低差は大きくなっていますし、「味覚の秋」「食欲の秋」とはいうものの、歳相応に体調維持には留意せねば…と考えています。

＊邱羞爾：Momilla君、コメントをありがとう。お久しぶりです。お元気なようで、何よりです。

本当に、君が言うように自然災害が多かったですね。自然災害だけなのか疑問に思える場合もありますが、直接的には、豪雨や地震が原因ですね。君が「山沿い」に住んでいるとのことで、いささか心配ですが、ここ2, 3日のように秋晴れになると、もう雨のことなど忘れてしまいます。青い空に残暑の強い日差しを感じていると、つくづくと「今」を大事にしておこうと思います。

「大事に」するとはどんなことか、60歳を超えたら考えることかもしれません。私は70歳を超えてもまだわからないまま、ズルズルと毎日を過ごしていて恥ずかしいです。

(2014.09.15)

今日は敬老の日。町内会から「キッチンタオル」などをもらった。散歩していて気付いたが、銀閣寺道の哲学の道の入り口付近にも彼岸花が咲いている。今年は白が結構多いそうで、赤色のはあまりきれいではない。

＊幽苑：そう言えば宝塚でも白い彼岸花を見ました。

＊真宇：ずっとずっとお元気でいてくださいね＾＾笑

＊邱羞爾：幽苑さん、あなたは敬老会でご苦労様でしたね。上海から帰って休む間もなく働いていますが、お体にご注意ください。

＊邱羞爾：真宇さん、ありがとう。君も無茶しないで元気でいてください。

＊幽苑：先生、有難うございます。いつも忙しく働いていますが、今年が何かにつけ一番忙しいですね。あちこちからお声がかかる内が花⁉ と思っております。

・facebook.
(2014.09.18)

この頃の私は臆病になって、空が少しでも曇ってくると、干してある布団をしまったりする。今日はまた、曇ったかと思うと晴れ間が出、晴れたかなと思うと黒い雲が張り出したりした。そんな中、「大腸がん」の検診報告が来た。先日の検便の結果だ。幸い「陰性」であったので、ほっとした。

＊幽苑：最近の天気と同様、結果が出るまでは誰でも気が晴れないものです。安心しました。

＊邱羞爾：幽苑さん、ありがとうございます。

・李城外氏の配慮
(2014.09.19)

私と山田多佳子が訳した『追憶の文化大革命——咸寧五七幹部学校の文化人』（上下）が、電子ブックになって、VOYAGER（ボイジャー）から発売された。しかし、あまり売れ行きが良くない。そのことを著者である李城外氏に伝えた。

そのことが直接の動機であるかどうかわからないが、9月8日に彼は自分のブログに、次のような文章を載せた。そこで、訳してここに紹介しようと思う。彼の文章はさすがに中国の散文学会への配慮に満ちているが、そして、自分の著作の自慢も大いに語っているが、私たちの成果を顕彰することにも務めている味わい深い文章である。彼の配慮への感謝をこめて、ここに紹介しよう。

感謝、恩義そして感動——「冰心散文賞」受賞余話

李城外

2012年、私の著書『向陽湖について——北京文化名人インタビュー集』が第5回

「冰心散文賞」に輝いた。

このニュースを知ると、日本の著名な中国文学研究者である萩野脩二と彼の弟子である山田多佳子とが、この本を『追憶の文化大革命——咸寧五七幹部学校の文化人』（上下）と題名を換えて翻訳し、日本の株式会社朋友書店から出版した。これは、疑いなく第5回の賞を得た30部の散文集の内で、唯一外国語に翻訳された作品である。翻訳本には、謝冰心、臧克家、張光年、周巍峙、韋君宜、蕭乾、楼適夷、厳文井、金冲及、王世襄、王蒙などの北京の文化的大家へのインタビュー40編が収められた。この翻訳本の出版は、日中両国の作家と学者の〝五七幹部学校〟研究の成果であり、また〝向陽湖文化〟が、さらに国内外で広まったことを示している。

二重の喜びに感慨無量である。

1つは、中国散文学会と選考委員への私の感謝の気持ちを、彼らが認め、私の作品の影響力を拡大してくれたということだし、〝向陽湖文化〟をさらに広く紹介することになったからである。

もう1つは、恩義を心一杯感じたことである。この本の始まりは、「お久しぶり、咸寧よ——〝文壇のおばあちゃん〟謝冰心」であった。これは、早くも1995年の秋に、彼女が真っ先に元の文化部咸寧〝五七幹部学校〟のために題字を書き、〝向陽湖文化〟を宣伝することへ支持を与えたことを示した文章で、同時に彼女自身の熱い感情を表現した文章だった。人を感銘させる冰心の力は巨大だ。冰心というご老人の春の雨のように心にしみる諭しが私のその後の仕事を順調に進めさせたのだが、ご老人の援助がなければ、あんなに順調で、大きな収穫を挙げられなかったかもしれない。

2010年の秋、わが国で初めての〝五七幹部学校〟文化を総合的に反映した私の『向陽湖文化叢書』（5種7巻、300余万字）が武漢出版社から堂々と出版された。そして、すぐさま中国文学館で、出版記念座談会が開催された。

——こういうことすべてが私に対するこの上もない励みとなった！

感謝、恩義のほか、私には深い感動がある。当時中国散文学会の日常的仕事を主管していた周明先生もかつては向陽湖に下放したことのある著名な作家であった。彼は私の著作が海外で出版されると聞くと、ますます私を激励し、とても得難いことだと賞賛した。その上、私が北京にインタビューに行くといつも時間を割いて面談してくれた。

また、現在常務副会長である紅孩氏は、彼が主催する『中国文化報』副刊に〝向

陽湖文化″を強く推薦してくれたうえ、私に原稿を書かせた。特に彼は、会長が学会を開催する具体的な仕事に協力し、精力的に作文をして新聞を出しながら、ペンクラブを組織して表彰のことを行なった。常に仕事で、あれこれ成果を上げたが、これはまったく賞賛に値することだ！

もし、先輩たちの愛護がいっそう暖かさを感じさせ、同輩たちの勤勉さが心からの敬意を感じさすと言うならば、日本の学者が中国文化を広め、〝冰心散文賞″を得た作品を広める熱情も、傾聴し賞賛すべきであろう。翻訳が完成すると、萩野先生は私に序文を書かせ、自分も長い「あとがき」を書いた。

「ここに訳出した『追憶の文化大革命——咸寧五七幹部学校の文化人』は驚くべき本である。作者・李城外がひとりで、文革中咸寧という所に下放した文化人を1995 年から訪問し、話を聞き、書き留めた本だからである。／……文化大革命は、具体的には咸寧の五七幹部学校への下放という姿で文化人を襲った。五七幹部学校は壮大な実験であったが、成功しなかった。その有様が、この本によって知ることができる。人は実験であれなんであれ、人生を取り戻すことはできない。過ぎ去った時間への対応が、今の自分の生き方を検証することを、この本は伝えている。／李城外は、湖北省の咸寧という所に五七幹部学校があり、北京からのべ6,000 人ほどの文化人とその家族がやってきたことを1990 年代に知り、これは文化資源だ。放っておいて埋もれたままにしてはならないと、一方では向陽湖に下放した文化人たちの足跡を発掘しつつ、一方で、北京に戻った文化人に一人ずつインタビューを試みた。／インタビューはスムーズに進んだとは限らなかった。話が文化大革命に及ぶので、今更思い出したくないと思う人が多かったからであり、思い出してそれをどうするのだ、という人もいた。……／しかし、李城外は熱心に向陽湖文化資源の開発を説き、相手から思い出を引き出した。その様子は、この訳本を読んでくだされればすぐわかることだが、それゆえ、こうして引き出された内容は、実に貴重で、驚くべきものなのである。その一つ一つの驚愕する事実に、読者は心奪われるであろう。人は困難の中で、どのように生きてきたのか、大きな示唆をここから得られるに違いない。この本は、中国散文学会が主催する第 5 回冰心散文賞（2010 - 2011 年度）を得ている。／……今や日本でも、戦後は遠くなりにけり、である。まして、外国の文化大革命などは遠くのかなたに霞んでいる。時間の猛威はすべての事件を覆い、薄れさす。人は死んでゆく。もう彼らに再び話をさせようとしてもできないのだ。／当時のこのインタビューがどれだけ彼らの真意を伝えているかわからないが、少なくとも、彼らの言葉を幾分

なりとも伝えていることには違いあるまい。」

必要な補充を紹介すると、この前後に、萩野先生は冰心文学館館長の王炳根氏とともに、わざわざ咸寧にやってきて向陽湖を探訪し、中国文学の大師（＝冰心）の足跡を追跡したのである。また、私も重慶で行われた冰心文学第4回国際学術シンポジュームに参加し、萩野先生と再び面会し親しく話す機会があった。彼は帰国後もずっと私とメールで連絡しあった。時にはたがいに本のやり取りをして成果を交換し、時にはメールを通じて、頻繁に思考を交わし合った。

また、彼のとりなしで、今年の6月、『追憶の文化大革命——咸寧五七幹部学校の文化人』（上下）は電子書籍として、この方面で名高いVOYAGERから発売された。これも、中国散文学会会員の翻訳本が電子書籍として対外的に販売された最初のことである。私の本が日中両国の民間交流にいささかの波をたて、心満ちたる思いである。

以上述べたのは、「冰心散文賞」受賞後のエピソードである。もちろん、同時に、賞を得た者と中国散文学会との浅からぬ縁を述べたものでもある。

（作者は、中国散文学会理事、中国作家協会会員）

・facebook. (2014.09.21)

今日は久しぶりに晴れて暖かくなった。散歩を、先日見たNHKの「ためしてガッテン」によって、3分間早足で歩き、少し休んで、また3分間早足で歩く、ということを実行している。といっても、今日で3日目だが、このあと牛乳を飲むとよいらしい。早足で歩くのはとてもつらい。でも、気持ちとして早く歩いているならばよいと言っていたので、実行できる。ところが今度は膝がまた痛み出した。なんともはや…。

・facebook. (2014.09.25)

カイロプラクテックの若城医院に行って、電気をかけ、鍼を打ってもらう。昨日は朝晩ともに散歩をしなかった。今日から散歩は早足をやめにした。だから、ひざはまだ調子がよいようだ。

・facebook. (2014.09.26)

今日の眼科は9時始まりだが、8時20分には行って入り口で待っていた。幸い、1番で9時過ぎには診察が終わったが、薬その他で結構遅くなった。でも、1番というのは気持ちがよい。遠回りして帰宅したが、秋晴れに金木犀がいっぱい咲いていた。

＊純恵：まだ金木犀は見つけていませんが、大学横に銀杏が一杯落ちていました
…潰れて臭かったです（笑）

＊邱羞爾：純恵さん、もう銀杏が落ちていますか？こちらはまだ葉っぱも黄色く
なっていませんよ。金木犀の香りについて、ブログに書きました。

・ **facebook.** (2014.09.26)

今日は素晴らしい便りがあった。昭和54年度卒業の幹事たちが、私への応援をしてく
れたのだ。私が「悪性新生物」とブログに書いたので、それを読んだらしい。同窓会
の幹事会で、11名の幹事が私の名前の応援団と書いた横断幕を持って写真を撮り、そ
れを代表の裕子さんが送ってくれたのだ。彼らとは実は中学生の時に1年半付き合っ
たに過ぎない。もう50歳になろうとする彼らがいつまでも私のことを覚えてくれてい
ることに感激だ。そして、感謝だ。

・金木犀 (2014.09.27)

散歩をすると、電線に小さな鳥が並んで止まっていた。ツバメのように見えるが、ツバ
メならばもう南へ渡って行ってしまっただろう。花屋の軒下のツバメの巣は、確か7
月下旬に若鳥たちが巣立って行った。この電線の上の小さな鳥も渡り鳥だろう。北か
らやって来たのかもしれない。

秋は鳥が確かに多いが、鳥は見分けるのが難しい。何せ奴らは飛んでいるし、止まっ
ている時は見えないようなところにいるから。それに対して花ならば、逃げて行かな
いからまだ鑑賞できる。芙蓉も盛んに咲いている。ピンクのものもあるが、白いもの
もある。また、白川の錦林車庫の土手に橙色の花が群生しているが、何だろう。写真
を撮っておこうと思っているのだが、つい写真機を忘れてしまう。

今は金木犀が盛りだ。たくさん咲いているが、あの独特の強い香りを私はここ1, 2年
嗅ぐことができないでいる。なぜか、あの香りをかげないのだ。もともと好きな香り
であったのに、花に鼻を近づけても匂わない。多分、春に患う花粉症のせいで嗅覚の
一部がおかしくなったのだろう。金木犀は、中国では桂花（guihua）と言って、中国
人も好む香りだ。桂林という有名な観光地があるが、その桂林も、この花の木がたく
さんあるから来た地名。私は花の咲く時期に行ったことはない。でも、桂林は私に
はとても素晴らしいところとして思い出に残っている。有名な観光地だから、一時は
「たかり」ばかりで困った時期もあったそうだ。今は他にたくさんの観光地ができたか

遊生放語————— 103

ら、以前ほどではなくなったと言う。また、桂林と言っても予想外に桂花が少ないのだという話も聞いたことがある。伝統ある名前などというものは案外そういうものなのかもしれない。それにしても、道を歩いていても、それも好きな金木犀の咲く道を歩いていても、あの香りがしないのは寂しい限りだ。秋の空と太陽のもと、あの香りは懐かしさを蘇らすものなのに…。

金木犀が咲くと、あちこちにお祭りの張り紙が貼り出される。日吉神社の神幸祭は10月19日だそうだ。確か、私の地元の吉田神社（今宮社）も同じ時期だ。今年は12日だそうだが、去年は同じ日だったはずだ。去年は台風が来て巡行が中止になったり簡略されたりした。巡行の前には踊りやお囃子の準備で子供たちが、しかるべきところにかりだされる。子供たちが揃って稽古をしているのを見るのは心楽しく、好きな方だが、実は私はそういうみんなの行動に参加するのが大嫌いなのだ。人のを見ているのは良いが、自分が参加するのは厭だと言うのは、身勝手な感情だろう。こうした矛盾した感情にいちいち理由をつけたくないから、嫌いだとしか思っていないが、そういう隠れた感情を次男は見事に受け継いで、町内の子供の行事に参加しなかった。親の私も無理に出させることをしなかった。地域参加に積極的に協力しない偉ぶった奴と思われているうちは良いが、いつ何時、変な奴で非協力な奴、非国民と言われるようになるかわからない。こんな私でも住んでいける町内でありたいが、いつまで続けていられるだろうか。

・**facebook**.　　　　　　　　　　　　　　　　　　　　　　(2014.09.28)

今日も良い天気。このところ良い天気が続いて、気持ちの良い秋になっている。散歩の途中で気になっていた、錦林車庫の裏側の白川の土手に咲く黄色い花をやっと写真に撮った。この花はなんという花なのだろう？

＊幽苑：葉がよく見えませんが、キバナコスモスかと思います。

＊ワンちゃん：わたしも、黄色いコスモスだと思います。すっかり秋ですね。

＊邱羞爾：幽苑さん、ワンちゃん：ありがとうございます。葉っぱを撮ることを忘れていましたが、こんなアップならあります。

・気の長い話
(2014.10.01)

私は前立腺がんと診断されたので、放射線科の先生に会い、どんな処置をするのかなどを聞きに京大病院に行った。9時30分の予約だったので、家を8時30分に出た。私を家内が自動車で送ってくれるので、駐車場の関係から早めに行ったのだ。

受け付けはスムーズだった。早く着いて時間があったので、先に頼んであった「診断書」を受け取りに行った。ここも番号札を取って並ばねばならない。もうじき私の番になるところで、呼び出しの器械が鳴った。「もう少しで診察だから、104室の部屋の前で待っているように」という内容の呼び出しだったので、慌てて診断書の方は辞退して、104の方に戻った。9時20分だった。だが、それから次々と人が104室に呼び出されるのに、私の順番が来ない。10時も過ぎたので、しびれを切らして放射線科の受付に問いただしに行った。親切に受付の女性は、様子を見に行ってくれた。そして、あと一人だと言う。そこで、待っていたが、それでも待つとなると時間が長く感じられるものだ。なかなか私の番にならない。10時25分にやっと呼ばれた。家を出てからほぼ2時間、部屋の前で待つこと1時間余、何のための予約なのかといささか腹立たしいが、患者としてはぐっとこらえるほかはない。

予想外に若い先生であった。親切に縷々デメリットがあることを教えてくれた。私の体に不具合が多いので、なかなかスムーズに治療というわけにはいかない。更に放射線科自体でデーターを持っていたいのだそうで、いろんな検査をしなければならない。検査となるとこれも順番待ちだ。なかなかスムーズに順番が回ってこない。2カ月先などざらにある。結局、薬などを飲んで様子を見てからだそうで、放射線外部照射は来年の2月ごろから始まるということらしい。なんとも気の長い話だ。前立腺癌は進行が遅いからそれでも大丈夫だと言うが、こちらとしては明日にでも治療をやってほしいのに、そうやすやすと物事は進まないものだ。第一、この若い先生に次に会えるのは11月の初旬で、1か月以上先なのだ。

たとえ手術をするにしても、きっと同じようになんだかんだと検査が入ることだろう。まぁ、メスが体に入らないだけでもマシなのだろう。病気になってしまった以上、リスクは引き受けねばならない。平均年齢まで生きたとしても、あと7年ほどなのだ。せめて痛くなく不自由なく生きていたいと思うが、これはとても贅沢な願いなのかもしれない。骨のCT画像をちらっと見ただけでも、あちこちが黒くなっていて、腰など

遊生放語 —————— 105

● 2014年

随分壊れていると言う。左膝も黒かった。

会計をし、呼び出しを待つ間、「診断書」を取りに行ったら、会計を払って領収書を見せなければ、「診断書」は渡せないと言う。今日は月初めのせいか、会計に並ぶ人がとても多かった。支払いの器械に支払いを操作するまでにもずいぶんと時間がかかった。やっと支払い終わり、「診断書」を受け取って、家に帰ったのは12時になってTVではニュースをやっていた。まぁ、半日で1つのことが済んだのだから、良しとせねばならないだろう。私に残された時間はそんなに長くはないが、かといって、今何をしなければならないということもないので、のんびりやるしかあるまい。

　＊やまぶん：夏は一か月近く空気の悪い北京にいました。後期が始まったこともあり、久しぶりに邱羞爾先生のブログを読んで仕事再開の心構えをしようと思ったら、この間大変だったようですね。何もできない私ですが、まだ元気だけは余分にあるので、このコメントに載せてその分を送ります。加油！加加油！
　私の台湾の知り合いは70代で前立腺癌と診断されましたが、ほぼ治療もせずに（本人はヨガをやっていればいいという方針でした）96歳まで生きました。本当に進行の遅い癌だったらしく、転移するどころか、その前に老衰で亡くなりました。気長に養生することでストレスが減ったのかもしれません。

─────────────────────

　＊邱羞爾：やまぶんさん、嬉しいコメントをありがとうございます。感激です。やまぶんさんは相変わらず、元気で飛び回っているのですね。あの汚い北京に1か月近くもいらしていたなんて、驚きです。やまぶんさんの爪の垢でも頂いて養生した方がずっとよさそうですね。私はかなり老衰が始まっていますから、癌より前に幸せになれるかもしれませんネ。

─────────────────────

　＊やまぶん：その台湾の先生とはまだエピソードがあります。先生86歳の時に「医者から手術をしないとあと10年ほどしか生きられないと言われたけど、どうしたらいいだろう」と相談されました。この場合の適切な回答がとっさに思いつかず、「手術は痛いからやめておいた方がいいんじゃないですか」と幼児が予防接種を受けたくない時のような答え方をしたら、先生は意外にも納得してくれて、手術を受けませんでした。後で心配になって、日本に帰ってから知り合いの医者に聞いたら、80歳代の老人の手術は確かに大きなリスクを伴うとのことでした。その後、本人は前立腺癌よりも他に老衰症状が次々に出てきて、その治療を優先し

ているうちに大往生しました。最後まで思考のはっきりしている人で，亡くなる一か月前まで僕と普通に1920年代中国のことを話していました。病気のことを忘れるのは無理でしょうが，人生ケセラセラ（と歌っていたのはドリス・デイでしたか）と考えるのはどうでしょう。僕は日々ケセラセラ気分で過ごしています。

＊邱羞爾：やまぶんさん、良いお話をありがとうございます。私の場合も75歳以下なら成功する確率が高いからと手術を勧められました。でも、体にメスを入れるのは大変なリスクがありますから、回避しました。ドリス・デイのケセラセラとは懐かしいです。この歌をうたっていた時、高校入試に落ちました。だから私には縁起の悪い歌ですが、好きなと言うか、つい口ずさみたくなる歌ですね。結局のところ、これまでケセラセラと過ごしてきました。一度機会があればお会いしたいです。

＊やまぶん：今週末学会で京都へ行きますが，とんぼ返りなので残念です。たぶん年明けにまた関西へ行くので，時間がある場合は連絡します。人のいない冬の京都が結構好きです。

＊邱羞爾：なるほど、週末に学会があるのですね。ついうっかりしていました。というのも、私は退職と同時に学会もやめたからです。例年、箱根にいらっしゃるやまぶんさんが、年明けに関西に来るそうなので、楽しみに待つことにいたしましょう。やまぶんさんの「加油！」がだいぶ効き目を発揮してきたようです。ありがとうございます。

・ **facebook.** (2014.10.04)

今日は急にワンちゃんが訪ねてきた。例によって自転車で訪ねてきた。急だったので、こちらはロクなおもてなしもしなかったが、結構楽しく話して帰って行った。急に入った貴重な休暇を私を訪ねることに使った、その好意に感謝だ。本当はつらいことや焦りのことを話したかったのだろうが、その10分の1も話さず、「あと少し頑張る」と言って帰った。手土産のリンドウの花がきれいに咲いている。

＊翔太：最近は少し涼しくなりましたが、先生はお元気でいらっしゃいますか＾＾

遊生放語——————107

● 2014年

*邱羞爾：翔太君、君に返事を書いたのに、どういうわけか消えてしまっている。返事があまり良くない、つまらないものだったからかもしれない。一応もう一度書いておくと、「元気です」と言ったらウソになるし、「元気ではありません」と書いてもやはりウソになる。翔太君はこの頃イライラしているみたいだけれど、なかなか腰を落ち着けて仕事に励むわけにはいきませんか？ってなことを書いていたのです。私のことを気にかけてくれてとても感謝です。ありがとう。

---

*翔太：先生、季節の変わり目なので、どうかお身体に気をつけてください＾＾
そして、逆に心配してくれてありがとうございます。
いつもは何かを言いたい時につぶやくので、やっぱり文字だけではイライラしているように見えてしまいますか。笑
難しいですね。
ただ、決してイライラしているわけではないです。
ちょっと思ってることを口に出してしまいたいだけなんです＾＾

・幽苑さんの 10 回目の個展　　　　　　　　　　(2014.10.06)

長かった9月が終わり、10月になった。まだ平年よりも気温が少し高いが、木々の葉っぱが黄ばんできているから、やはり秋になっているのだ。
10月になれば、恒例になった児玉幽苑さんの個展が開かれる。今年は第10回目という記念の展覧になる。

場所は、神戸元町の「みなせ画廊」（神戸市中央区元町通5－8－1. Tel. 078-341-2541）。午前10時から17時まで。期間は、10月23日（木）〜27日（月）。今度は水墨画に色を付けたと言う。新しい試みだ。どうぞ鑑賞しに行ってください。
芸術の秋というわけでもないが、たまたま入場券を頂いたので4日に「院展」を見に行った。岡崎の京都市美術館だ。院展を見るのは初めてだ。200号からの大きな絵がたくさんあった。そして、私にはどれも日本画とは思えず、洋画のように見えた。大胆な構図、人の目を引く構成、発想の抽象化など。いささか奇を衒（てら）い過ぎているようにも見え

た。私の方に問題があるのだろうが、感動するものがなかったと言えた。
台風18号が近畿にそれほど被害をもたらさず過ぎて行った。鴨川沿いの銀杏の木もずいぶんと色づいて来た。6日には、「生誕130年川瀬巴水展——郷愁の日本風景」なるものを見て来た。私は巴水（はすい。1883－1957）をよく知らない。郷愁の日本風景とあるように、

日本の風景のあちこちが版画によって表現されている。伝統木版画の絵師で6,000点を超える作品がある。がっしりとした構図に、哀愁の斜めの線が入る版画に私は魅入られた。時に描かれる人物が小さいけれどゆるがせにしないリアルなものなので、大いに驚かされた。得てして犬や人、特に子供は日本画ではぞんざいに描かれるものだが、微細な部分まで精確だ。3,000枚売れたと言う「芝増上寺」も赤い色の山門の前を行く女性は斜めに前に向かい、木に積もった雪が葉っぱを斜めに押しやり、細かな雪が風に吹かれたように画面を横切る。色の取り合わせと言い、構図の切り取り方と言い、静かで落ち着いた中にも動きがある。大正14年の作と言うが、まだほのかな明るさが感じられる。その明るさが人々の郷愁を招いたのであろう。2,000枚売れたと言う「馬込の月」は、画面中央に大きな松の木があって、それが斜めに横切る。高い松の木の間から月が丸く見えるが、月の真ん中辺を雲が飛び、一抹の不安を感じさせる。右下にはどす黒く農家があり、その家の門に1つポツンと明かりがついている。前面は畑で、そろった畝に麦だか何だかわからないが生えそろっている。全体に暗い画面が、そうそう明るい世の中を感じさせると言うわけではない。昭和5年の作という。彼も、昭和12年には「かちどき」という日本軍がどこかの城壁を占領して万歳を呼称している3、40人の兵隊を描いているが、兵たちはまるでロボットのように生きていない。巴水は一時期こんな版画を作ったが、昭和19年には塩原へ疎開したと言う。
版画という世界は、彫師、刷り師などの一致した「運」としか言いようにない合作が必要だから、難しい。それだからこそ、おもしろいのかもしれない。刷り上がった平面的な絵が、生き生きと情緒を感じさせるのは、構図と言い、色合わせと言い、絶妙なハーモニーのせいであろう。昭和の広重と言われた巴水は日本全国を歩いてあちこちの名所の絵を描いた。京都の案内には「時雨のあと（京都南禅寺）」が使われていたが、これもなかなか良い版画であった。前面に雨のあとの水たまりがあるが、大きなどっしりとした渋い色の山門の左右には紅葉し始めた木があり、人が3人ばかり向こ

2014年

うへ歩いてゆく。3分の1ほどのスペースを占める水たまりのある地面が、背後の山門の大きさを却って知らしめる。ここには斜めの線がほとんどない。強いて言えば水たまりがそれにあたるだろうが、それはもう終わった後なのだ。昭和26年の作という。

・facebook. (2014.10.08)

8日の皆既月食を見ることができたが、肝心の赤黒い月を写すことができなかった。東山の上に出た、月食し始めの（右図）だけをアップする。

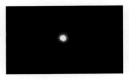

・facebook. (2014.10.11)

11日の研究会は、戸張東夫先生の「相声」についてのお話で、とても有意義であった。題して「中国の笑いの伝統話芸"相声"の魅力」。現在の相声を、1．伝統相声。2．政治宣伝相声。3．娯楽教育相声。の3つに分類して説明もし、馬三立、姜昆や郭徳綱などの演技をDVDで見せてくれた。個体戸相声という政府組織に入らない郭徳綱の活躍から、共産党も庶民の笑いをコントロールできなかったのだと結論付けたが、首肯できるものであった。三連休の初日ということからか、聴衆がやや少なかったのが惜しまれた。

＊義則：先生、私が中国語を話せるようになったのは相声のおかげだと思っています。
そして今も落語と相声で中国語を学ぶことを考えています。

＊邱羞爾：義則先生、コメントをありがとうございます。相声はとても難しいですね。これがわかるようになれば、中国語も一人前と言ったところでしょうか。私はまだ修業が足りませんが、少し諦めています。先生の頑張りに期待しております。

・facebook. (2014.10.12)

12日には、京都で開かれた学会からわざわざ我が家に立ち寄ってくださった方が来た。イギリスロンドンの221b BAKER STREETのSHERLOCK MUSEUMのお土産まで持ってきてくれた。学会で1つの仕事をしてきたので、その歓迎の食事を一緒にしたが、飲めないというお酒を少し強要して飲んだ。勉強しろだとか本を出せなどという

生臭い話をしなかったから、明日の台風19号を気にしながらも、にこやかに帰って行った。十分に独り立ちしていっているのだ。多分、これでストレスもゆっくり消えて夜眠れるようになるだろう。そうなることを期待している。

・つれづれ
(2014.10.14)

10月16日は私にとっては特別な日だが、その1つの理由は、この日で私のブログ「Munch 2」が開設されて2周年になるのだそうだ。biglobe が知らせてくれた。1年前には、私たちが翻訳した『追憶の文化大革命』下巻が出た報告だった。やはりうきうきした声が聞こえるようなブログだったが、なんと遥かな昔のように思えることか。ボイジャー社から出た電子ブックの『追憶の文化大革命』上下の方は、値段が安いからたくさん売れてほしいのに、あまり売れていないそうだ。文革が遥か昔のことになったという感じを持っている。とりわけ、「3.11」の大自然の猛威を経験してからは、いささか私は虚無的になっている。私自身が直接何かを経験したわけでもないが、今までの前向きの生き方とは違った感じが心にたまっている。しかもそれを昔ならば、良くないこととしたであろうのに、今では別に悪いともよいとも感じなくなった。

最大で最強の台風と言われた18号も、昨日の19号も、わが家には大した被害をもたらさず過ぎ去って行った。ありがたいことだ。よその、被害に遭われた方にはお悔やみや同情や声援を送らせていただく。TV を見て、何で自然はこんなにいじめるのかと思う。こんなに理不尽なことをし続けて、本当に日本を壊滅させる気でいるのか。いや、地球をおかしくさせる気でいるのか。理解不能なことが多すぎる。御嶽山の噴火まで出現した。いまだに不明者が埋もれているようだ。他の怪しい山も幾つかあるそうだし、富士山も怪しい。一方で地震も続いている。そして局地的な豪雨、大雨。土砂崩れ、台風。デング熱にエボラ出血熱など、なんと多くの疫病が蔓延していることか。そして、一方では、空爆にパレスチナ戦などウクライナを含めて人類は戦いばかりだ。

こういう時、我々はどのように生きて行ったらよいのか。権力を握ったり、大富豪になったりすればよいのだろうが、そういう力はほとんどの人は持っていない。もちろん私にはない。でも、私は TV などで人一倍努力した人の話を聞いたり見たりすると感動する。時には涙さえ出て来る。成功者を尊敬するが、とりわけ成功してマスコミに取り上げられなくても、地道に努力し続けている職人などには、一層敬意を持つ。せめてそういう人の万分の一でもよいから地道に努力を続けたいものだ。

少し前から、鼻がジクジクしておかしい。今日はもっと鼻汁が出るようになった。秋の花粉症なのかもしれない。何の木？何の花？単なる風邪によるものならば、まだマ

シだが、やっとあの辛い春の花粉症から抜け出したと思ったら、秋にまで罹るのか、何でこう、いじめにあうのかと、首をかしげつつ鼻をかみ続けている。

私がしょっちゅう持ち歩いている本があって、それを医者の待ち時間などに読んでいる。それは、阿辻哲次著『漢字再入門──楽しく学ぶために』（中公新書2213，2013年4月25日、216頁、842円）である。もう1年以上前の本なのに、ちょっとずつしか読んでいないので、こんなに長い時間がかかった。私は阿辻氏の文章が好きだ。だから、ちょっとずつの細切れ（こまぎれ）の読み方でも、すぐ本文に入っていける。彼の語り口が良いのであろう。誠実な外連味（けれんみ）のない健康なユーモアなる文章は得難い。そして題材が面白い。漢字のことだから良くわかるともいえる。そういえば、まだ読んでいない本がいっぱいある。他人は次々と本を出すが、読む方がだいぶくたびれてきているので、あとどれだけ読めるか怪しいものだ。時間があれば読書に浸って楽しむなんて、そういう時代ではなくなったし、そういう体力がなくなってきている。やはりTVをデレデレと見て過ごしてしまうことが多くなった。おまけに、ノーベル賞を取った中村修二氏の恩師のように、中村氏が読んでいる本を取り上げて、「本など読むなッ。固定観念に囚われるッ」と言ったそうだが、そういう立派な言葉を聞くと、これ幸いと、本など読まないでいいや、と怠け癖がムクムクと持ち上がる。TV、散歩、うたたね、この3つで過ごすこの頃である。

· **facebook**. (2014.10.16)

阪神が勝った。予想外に4連勝だ。巨人は試合に1勝もできなかった。ゴメスの活躍が大きいし、オスンファンの力投も称賛に値する。相撲のように外国人ばかりが活躍する。鳥谷や新井タカなどが不甲斐ないではないか。

　＊大介：阪神勝ちましたね！
鳥谷も頑張ってますが外国人がホンマにいいです！

　＊邱羞爾：大介君、上本、大和などが今シーズンは頑張りましたね。今成や藤井はどうして出場回数が少ないのですかね？鳥谷は本塁打が少ないのですよ。そう思いませんか？だから凄味がない。

　＊大介：今成は怪我、藤井も怪我が治ったばかりですかね！
鳥谷はアベレージヒッターですからね！派手さはありませんがフル出場している

ことが何より素晴らしいです。
西岡と福留が復調したのも大きかったです！

＊邱羞爾：大介君、よくわかりました。日本シリーズでも、この調子が続くとよいですね。

・鏡
(2014.10.23)

私は自分の顔を見るのが厭だ。近くで大きく映った顔は、ちっともきれいでない。シミ、そばかす、ほくろなどのほか、目つき、口の曲がり、鼻のふくらみなど、どれをとっても良いものはない。「40歳になったら自分の顔に責任を持て」と言ったのは、あのリンカーンだそうだが、あの時代よりも平均年齢の上がった今では、50歳あるいは60歳なのかもしれない。いずれにせよ、自分の顔に責任など持てたものではない。少なくとも私は、いつも恥ずかしく、すまなそうにしている。

今日は医者に行く日で、この医者の待合室には大きな鏡があって、その鏡に映った人によって如何にも大勢の人が待っているような配置になっている。その1つに映った自分の顔を見て、つくづくと老けたなあと思った。ツヤもハリもなくなって、やつれた老人の顔が鏡にあった。年齢からして已むを得ないのかもしれないが、いやはや驚いた。

私の顔はひん曲がっている。その理由の多くは、蓄膿の手術を2回しているからでもある。だから、口がいびつに曲っているし、頬肉に妙なふくらみができている。実は耳の後ろも両方に手術の痕がある。これが2歳の時の中耳炎の手術のあとだ。以来、耳鼻咽喉が良くない。扁桃腺は小学校2年生の時に手術で撤除した。高校3年の時、鼻の手術をした。それまでずいぶんと蓄膿症のために医者に通った。その後、高3を担任していた冬休みに手術をした。担当の若い医者が、少しいじらせてくれと言うのを、「はい、いいですよ」と言っておきながら、校務の忙しさのために、病院には行かなくなった。今でも、あの医者の名前を思い出す。いささか悪いことをしたと思いもするが、正直に言って、このまだ見習いの医者にいじられると痛いのである。慣れた一人前の医者ならば痛くない。若い医者はこうして練習台によってうまくなっていくのであろうが、私がその練習台となって痛いのは御免こうむると言ったところだった。さらに、歯もよくない。出っ歯であるだけでなく虫歯だらけだ。これでは良い顔になるはずがない。それに、過去に大した経験も積んでいないし、苦労もしていない。私はそういう大きな辛いことを本能的に逃げて来たと思っている。すべて姑息な手段で切り抜けたのだろう。だから自信を以って私の顔はこうだというわけにはいかない。尤も、こ

遊生放語──────113

●2014年

の頃やっと、もう年なのだからなるべく正々堂々とやっていこうと思うようになった。蓄膿の2回目の手術の時、同僚の先生方が入院先の病院に見舞いに来てくれた。急であったので予想外で、それが嬉しかったが、担任だった生徒も来てくれたようだ。「ようだ」と言うのは、私は入院していて、家に来た彼らと会っていないからなのだが、その時に生徒たちからもらったタヌキの置物は何度かの引越しとともに、いまだにわが家の小さな庭に飾ってある。私はこの信楽焼きのタヌキが小さいので好きだ。大きいばかりが能ではない。彼らの心情に見合っているではないか。大きなタヌキが良く庭に飾ってある家があるが、あのグロテスクな顔と容姿にはぎょっとする。小さいのは可愛い。それでも、我が家に来たことのある中国の若い女性たちは、このタヌキを見ると「あれは、なに？」と気持ち悪がる。「あれは吉利（jili、縁起物）だ」と説明しても、納得した顔にはならない。

我が家の近くに——と言ってもバスで3駅も4駅も離れているのだが——住友泉屋博古館（すみとも・せんおく・はっこかん）がある。ここは中国古代の青銅器の収集で有名だが、中でも鏡が優れている。樋口隆康先生が以前館長であったが、今は畏友・小南一郎先生が館長だ。鏡の展示と言うと背面の模様ばかり見せられていたので、無知なる私は、この凹凸のあるどこで顔を映したのだろうかと長年疑問に思っていた。青銅鏡と言っても背面ばかりなのだ。後ろの文様が歴史家には大事で、それで年代がわかるそうだが、私には鏡というものは顔を映すのが本来なのだから、ピカピカに磨いた面を見たいものだと思っている。物事の裏をよく見ない俗物でしか私はないのだろうが、どちらかと言うと、鏡に映ったであろう人の栄枯盛衰の方が、私は興味がある。

*へめへめ：「40歳になったら自分の顔に責任を持て」というのは、最近肝に銘じている言葉です。昨年40歳になりましたが、嫌な顔にならないよう気を付けています（口角は下がりがちですが…）。リンカーンの言葉から考えると、顔はやはり内面を表すと思います。隣の研究室にいらっしゃった法学部の先生は、すらりとした容姿で、とても上品な紳士です（最近下の階に引っ越してしまいましたが）。その先生を見る度、邱羞爾先生を思い出していました。先生は色々と嘆かれますが、やはり内面が醸し出す雰囲気は小さな箇所の問題と関係ないと思います。今でも教え子のみなさんが先生を慕われるのもその証拠ではないでしょうか？

*邱羞爾：へめへめさん、コメントをありがとう。いやぁーびっくりするなぁ。これはとても褒めてくれているのですね？多分元気を出せと激励してくれている

のでしょう。いささか照れくさいけれど、ありがたくいただいておきます。
それはそうと、あなたが自ら顔に責任を持とうというのは立派です。小さな箇所にとらわれず、大きく大成してください。

・facebook. (2014.10.23)

今日は、浪里白跳君から抜き刷りが届いた。『日本中国学会報』に論文が載ったので、私が欲しいと言ったから、律義な彼が送ってきたのだ。思えば、『TianLiang』に「任侠シリーズ」などを載せてくれた彼であった。このたびの論文は、かっちりとした論考によって論が進められているようだが、彼の内に秘めたロマンがどれだけ見えるか、今から読むのが楽しみである。

・facebook. (2014.10.24)

今日は神戸元町まで行って、児玉幽苑さんの絵を見てきた。正面の大きな絵（50号？）のうち、右の絵の赤色が実に良かった。案内状にもある「高天」も奥行きがあってとても良い。私は、「登高」という白黒に興をそそられた。「登高」と言えば、杜甫の七言律詩を思い出す。「不尽の長江」が「滾々」と流れるようではなかったが、この絵には悠久の時間の流れがあるようで、それが杜甫の詩意と通底していた。絵には老人らしい人物が左わきに描かれていたが、杜甫と李白を足して2で割ったような人物だった。

＊幽苑：本日は遠方にも関わりませず、元町まで奥様と足を運んで頂き有難うございました。長岡から来てくれた友人と3人で行った中華レストラン「Liangyou」に陳舜臣氏の色紙「友朋自遠方来」が飾ってありました。

＊邱羞爾：こちらこそ素晴らしい絵をありがとうございました。『論語』の「有朋自遠方来」ですね。それを「友朋…」ともじったのでしょうか？偶然今日は京都から来た人が重なったのですね。

＊うっちゃん：今年は、私は行けそうにありません。申し訳なく思っています。

＊幽苑：有が正しいです。「有朋自遠方来」でした。口で書き下し文を言いながら

間違えました。うっちゃん先生：連日お忙しいそうですね。ご自愛ください。

· **facebook.**
(2014.10.27)

俳画のハガキをもらった。描かれていたのは、ホトトギスの花。花言葉は「秘められた意志」だそうで、彼女の頑張りをよく示していたが、「秘めた恋」という意味もあるそうだ。

· **facebook.**
(2014.10.28)

エアコンの暖房を入れた。明日の朝は７度になるらしい。

· ペット
(2014.10.30)

久しぶりに阪急に乗った。先日、神戸元町まで外出した。数えてみれば、阪急電車に乗るのは２年半ぶり以上になるだろう。17年も通った上に、以前桂に住んでいたので、阪急電車にはずいぶん長いこと乗っていることになる。それが、退職してからはまるっきり乗っていなかったので、そのことに改めて驚いた。十三（じゅうそう）での乗り換えを間違えるなど、勘が鈍っていた。長いこと、河原町の駅では、東側の南のビルのエレベーターを使って乗り降りしていたので、真ん中辺の高島屋に近い出入り口は使っていなかった。先日、この改札を出ようとして、驚いた。模様替えしていたのだ。なんだか随分と隔世の感を抱いて、世間から取り残されたような感じになった。

ほとんどの風景は毎日変わらず続いているように見える。その変わらぬ風景のもとに安心して生きている。だが、細かいところでは日々変化があるのだ。たとえば、あの家もいつか取り壊され、長いことそのままに放置されていたのに、ある日、縄が張られ、仮塀が作られ、工事が始まる。この頃はどこか違う場所で枠組みを作って、急にクレーンが入って、あっという間に外枠を組み立てる。つい気を許していると、長いことあった空き地に家ができているといった風なことになる。そしてその後の内装に、結構日にちがかかるのだが、できてしまえば、いつの間にか人が入り、何事もなかったようにその住人がごみを出すと言うような生活が始まる。

私の裏手の土地もそうであったから、何軒もの家に誰が何という名前で何人家族で住んでいるのかもわからない。昔は引っ越しの挨拶などをちゃんとしたものだが、今は顔を合わせても、知らぬ顔だ。こちらも面倒だから黙っているが、子供などがこっちを向いていると、つい笑顔になる。でも、手を振ったり、声をかけたりしない。

隣に猫がいて、どうやら２匹飼っているらしい。その１匹は親猫なのだが、この辺を

縄張りにしている。でも強敵の黒い野良猫がいて、しょっちゅう喧嘩をしている。だから時には腰に傷を負って伸びた体を屋根の上で横に寝そべっている。普通猫は横になっても眠っていても、神経を張り巡らしているものだと思っているが、この猫はだらしなく放心したように体を仰向けたり、腕を伸ばしていて、見ていても呆れるほどだ。こちらがベランダから声をかけようと、音を立てようと、まるで知らん顔でぴくっともしない。耳位反応するものだと私は思うのだが、すっかり私はなめられていると見えて、何一つ反応しない。昔は、猫を見ると追いかけたり、追い払ったりしたものだが、いつの頃からか、長いこと何もこちらがしないで、猫の好きなままにさせている。庭に糞をするのが厭だったせいなのだが、そして追い払ったりすると、一層嫌がらせに玄関の前に糞をしたりするのが猫だ。ちょっとした「龍のひげ」などが生えていると、一層喜んで糞や尿をする。この猫には、陰干しにしていた魚も取られたことがある。でも、こちらが気ままに許すことになったことがわかったせいか、そうするとなんと、糞をしないようになった。向こう側の奥さんが猫の糞が多くなってペットボトルに水を入れて追い払っているが効果ないなどと言うのを聞くと、フムフムと頷いたりする。そちらで糞をするようになったのか。

猫にせよ犬にせよ、ペットというものが嫌いだ。人様だって養い切れないでフーフー言っているのに、まして犬猫まで手が出せるものか、と思う。ペットと言えるかどうか知らないが、これでも結構いろんなものを飼った。もちろん猫も犬も飼ったことがある。ほかには金魚だ。亀だ。兎、鶏、リスなど。リスは子供が飼うことになっていたが、面倒は私が良く見た。部屋に放して、あとで、網で捕まえ籠に入れる。部屋に放して、いなくなったと思ったら、3日後に抽斗がゴソゴソ言ってそこから出てきたりしたこともあった。メスだったので、オスを買って来て、一緒に入れたが、冬になって冬眠の時期になったら、オスはメスにかみ殺された。知らぬこととはいえ済まないことをしたと思った。そのリス「テンテン」が死んだ時には、下の息子が泣いて、門のそばの木の下に埋めたものだ。別のリスは、家から逃げ出して、駐車場のところで見つけて網で追いかけまわしたが、結局逃げられた。よその奥さんが、別のところで猫につかまって食べられていたと言うような話をしているのを聞いた。亀は縁日か何かで釣ったものだ。日に1回エサをやって、ずいぶんと生きて大きくなった。時々ゴソゴソと動くので、よそから来た人はびっくりする。この亀も冬眠するのだが、冬眠させてしまうと死んでしまう。何回かの冬を過ごしたが、とうとう冬眠中に死んでしまった。水か砂が足りなかったのだろう。「鶴は千年亀は万年」と言うから、もう1万年がたったのだよと息子に言い聞かせたものだ。息子も信じてはいないながらも、

納得せざるを得なかった。亀は何も言わないので、せめて餌を食う時ぐらいは、「何か言えッ」とよく言ったものだった。

今は、メダカがいる。3匹だったのに、2匹になってしまった。1匹は狭い瓶の中の藻に絡まって動けなくなり死んでしまった。馬鹿なメダカだと思った。この世話は私ではない。私はペットなどもう世話する気になれない。自分の痛みや痒さで明け暮れしているのだから。

＊ひゅん：先生のペットの変遷、生き死にのすさまじい歴史も含めて（笑）楽しく読ませていただきました。前に先生が「犬なんて嫌い。」とおっしゃっていたので、ペットを飼われたことはないと思っていましたが、意外にもたくさんの動物を飼われていたのですね、、、、私は6年前から犬を飼い始めました。かわいくないわけではないのですが、飼ってみて自分が飼い主でこの犬は幸せなんだろうかと自問自答する毎日です。犬と一緒に寝たり、擬人化するのはどうも性に合いません。きっと私と先生のペット観は似ていると思います。

＊邱羞爾：ひゅんさん、お久しぶりです。ひゅんさんが犬を飼っているとは知りませんでした。散歩が大変でしょう。ご主人の仕事ですか？ 犬は甘やかすと自分がご主人様のようになるので困ります。私のような犬嫌いを犬はちゃんと嗅ぎ付けて、一層向かって吠えつくものですよね。こういう勘の鋭いものも困りものです。大学は文化的でない文化祭のシーズンになりました。少しホッとできるところでしょうか？

＊ひゅん：つまらないコメントにご返信いただきありがとうございます。最近アイパッドを持ち始め、手軽にどこでもコメントできるのでひょいひょいと書いてしまうのですが、もっと内容を考えないと…・後で自分のコメントを読んであまりのくだらなさにびっくりしました（笑）。文化的ではない文化祭（笑）も大学によって日がまちまちです。11月末にはゆっくりできそうです。先生もお元気でお過ごしください。

＊邱羞爾：ひゅんさん、コメントをありがとう。ひゅんさんのコメントは少しも「くだらな」くありませんよ。有意義で楽しいです。もしご本人が「くだらない」と感じるのであれば、それは少し本音を吐いてしまったからでしょう。これこそ

まさに「個人情報」です。ブログなどは、私は「くだらない」ものだと思っていて、あとで読んでみると恥ずかしいことが多いです。ですから、そのコメントならば「くだらない」と感じてしまうことは当然なのかもしれません。となれば、責任は私にあることになります。まぁ良いではないですか！そんなに七めんどくさく考えないでも、（笑）で済ませれば、ネ。

・**facebook.**

(2014.10.30)

阪神が負けた。ソフトバンクが日本一になった。幕切れがよくない。西岡がポカをしたのだが、西岡はこのシリーズで冴えなかった。でも、鳥谷が３球三振などしなければよかったのだ。他の選手が四球を選んで出塁しているというのに、要の鳥谷がこれでは、あとのダブルプレイで終わる伏線をつくったようなものだ。長蛇の打てない３番打者は失格だ。こんなに打てない阪神打線もどうかしている。メッセンジャーはもとより、能見、藤浪、岩田など投手は良くやった。上本は買うが、大和はどうしようもない。いくらファインプレイをしても、あんなに打てないのでは代えるべきであった。勝つという気力に負けたというべきなのだろう。ホークスの松田のひきつった顔を見ていると、タカがヒットだが、それが大事なのだ。

*純恵：CS で力尽きたのでしょうか…。
最後は何とも変な終わり方で…。

*邱羞爾：純恵さん、つい最後まで見てしまいました。連続して見て、欲求不満がたまりました。

*大介：何ともあっけない幕切れでした。残念ながら阪神には覇気が感じられなかったですね。
バッティングは水物と言いますが打てなかったですね。
リーグ２位での日本シリーズ出場にファンも違和感を感じていたような気がします！

*邱羞爾：大介君、どの選手も一生懸命であったことは認めるけれど、プロは結果をよくしなければいけない。そうじゃないか？とにかく残念だった。

2014年

・**facebook.** (2014.11.01)

11月になったというのに、暖かいせいか、ゴキブリ（お客さん）が出た。殺虫剤片手に、新聞紙を持って、なんとか捻りつぶしたからよかったものの、そうでなかったら、気分が収まらず眠れないところだった。

・**叙勲** (2014.11.03)

11月3日の文化の日はやはり晴れてきた。鴨川のヘリの銀杏がきれいになった。真っ黄色ではなく、黄緑色なのが良い。時々混じる他の木の赤色も、そんなに濃くはないが、黄緑と対照的になってきれいさを増す。こういうのを写真に撮るのは私では難しい。とことんまで色を窮めない今の景色が私は好きだ。

もう用事はない、引退したのだからと思っていたのに、思わぬことから「推薦書」を書かねばならなくなった。時間的に切迫していたせいもあって、間違いが続出して何度も書き直さねばならなかった。依頼人の純朴な願いを傷つけたのではないかと、申し訳なく思った。時間的に切迫していた理由の1つは、今日月曜日も文化の日で休みだからだ。11月の1，2，3日は三連休で、こういう間の悪い時に限って「速達」で届けようということが起こる。近頃では宅急便などというものがあって、格段に便利になったとはいえ、やはり早くしなければと焦る。それが原因だと言い訳をするが、何回かヘマをして訂正することになった。焼きが回ったとしか言いようがない。

11月は結構忙しい。医者に通う日数も増える。なまじ祝日などが2つもあるから一層自由に動き回れる日が少なくなる。気候もかなり寒くなるが、例年に比べればまだ暖かい方なのだろう。でも、こういう時に油断していると風邪にやられる。寒さの中でも、晴れの日の東山などを見て散歩すると、快いではないか。山肌がだんだん色づいてきて、あんなところにあんな木があったのかと気づかされる。新米、サンマ、クリ、サツマイモ、カキなど秋の食べ物もおいしい。今年はいつになくマツタケを食べなかった。10月の誕生日の者が家には2人もいるので、例年誕生祝にマツタケを食べる機会があるのだが、今年に限って食べなかった。もちろん国産の丹波のマツタケのことだ。それだけ私以外の者は気忙しかったのだろう。

こうしてカレンダーが数少なくなっていくが、今日、新聞で、鳥井克之先生が「瑞宝中綬章」を叙勲されたことを知った。同じ職場でかなり目をかけてくださった先生にお祝いの電報でも打とうと思っている。私は勲章などには縁のない者だが、人様が頂くのはきっと長年の努力があってのことであろうから、それを表彰するのは結構なことだと思っている。できればなるべく権威があって上の者から表彰されるのが良いだ

ろう。国から文化の日に叙勲されるなんて嬉しいことに違いない。鳥井先生は努力の人であって、頑張り屋だ。その努力が十分に報われたとはいえない面がこれまで多々あったが、今回の叙勲で幾分かは心晴れたに違いない。こんなふうに推測するのは、本来失礼なことではあるが、幾分なりとの付き合いから余計なことまで耳に入れていたからだ。確か先生はカラオケがお好きであった。退職してからは、どこかのコーラスグループに所属していたと思う。だからとてもお元気だ。言語関係で、学科で初めて学位をおとりになったが、その博識さと読書量の多さには舌を巻くほどであった。先生のいつも明るい態度は、我々も学生も安心して頼れる存在であった。

鳥井先生、おめでとうございます！

· facebook.
(2014.11.06)

8時には行って並んで検査を受け、散々待たされた挙句、数値がまた悪くなった。12時過ぎに戻ったが、おまけに、腹が痛く下ってきた。

＊義則：先生、大丈夫ですか？

＊邱羞爾：義則先生、ありがとうございます。今週初めから少しおかしかったのです。妙に寒かったり暖かかったりしましたから。

＊へめへめ：暖かくしてお過ごしください。

＊邱羞爾：へめへめさん、ありがとうございます。また、イギリスへ出張で行っていたのですか？すっかりグローバルになりましたね。

＊へめへめ：いえいえ。上海です。今学生たちが復旦大学に留学しているので、見に行ってきました。

＊邱羞爾：間違えてすみません。このごろ、よくうっかりミスをします。何かが抜けているのかもしれません。確認をするという大事なことを！

＊へめへめ：私もそうです。早すぎますが…。

2014年

· facebook. (2014.11.08)

昨日、本を頂いた。『抗日遊撃戦争論』という中公文庫の本だ。2001 年 6 月 25 日初版で、2014 年 10 月 25 日に改版発行されたものだ。265 頁、1,400+ 税円。もちろん、毛沢東の論を、小野信爾・藤田敬一・吉田富夫の 3 氏が訳したもので、吉田さんの「解説」がついている。この「解説」がわかりやすくて、また時宜にかなっていてとても良い。

· facebook. (2014.11.10)

昨日、私どもが訳した『追憶の文化大革命』の「あとがき」を中国語に訳した女性と会った。私のひねくれた日本語を的確に理解し、上品な中国語に訳して web に発表してくれた。予想外に若い女性であった。北京の日本学研究センターで『源氏物語』を修論にしたそうだ。「Naozi linghuo 脳子霊活」な女性で、話していて楽しかった。まだ紅葉しきっていない真如堂に行き、雨の中を散策した。

· facebook. (2014.11.11)

切符をもらったのでジェームス・マクニール・ホイッスラー(1834 – 1903)展を見てきた。〝ジャポニスムの巨匠〟ということであったが、モネのようなあからさまな影響のようには見えなかった。構図というか視点への影響が多かった。どうやら 1864 年ごろから浮世絵に関心を持ったようだ。歌川広重の『名所江戸百景』のうちの「京橋竹がし」(1857 年) が、ホイッスラーの『ノクターン：青と金色──オールド・パターシー・ブリッジ』(1872 – 75 年ごろ) の構図に見事に影響していたが、わずか 20 年足らずで浮世絵は世界に影響を与えていたことがわかり、驚いた。ホイッスラーは風景を描いても、どうしても人物も描きこむ。これも浮世絵の影響なのか、あるいは、欧米人の感覚なのか、興味のあるところであった。

· 怖い顔 (2014.11.11)

私は小物で、小人物だから、すぐ感情を顔に表してしまう。嫌な人にはすぐ嫌な顔を見せてしまう。不満や調子の悪い時にはすぐ顔にそれが表われる。ポーカーフェイスなんて出来やしない。だから、こんな人物は人の上に立つこともできないだろうし、何かのリーダーにだってなれやしない。これまで、私はリーダーとして何か仕事をしたという覚えもない。そして、感情をすぐ露わにする小物を、私は恐ろしいと思う。たとえば、犬などは感情を直接露わにして噛みつくから、私は怖い。小人物は大局的な

思考をしないゆえに、却って恐ろしい。

私ごときがリーダーになれるかどうかなんてどうでもよいことだ。でも、一国の指導者となれば話はまた別だろう。今日、11月10日、北京で出会った主席と首相の握手の場面は、互いの嫌悪感をもろに表していて、私は呆れてしまった。国内向けにニコニコ顔などはできなかったのかもしれない。しかし、その程度の思考配慮で国内に良い効果があると思えるのであろうか？〝私はこの人と良い関係を持とうとは思いませんよ〟ということを相手と直接会った時に、厭な顔をして握手することで表現するのが良いことだと思えるだろうか？まして、この会合は、会うことだけのために長いこと水面下で交渉して作り上げて来たのではないか。こういう顔をすることが、偉大な人民に対する政治なのだろうか？たかが25分の会合だと言うのに！

或いは、きっと正直な人なのだろう。政治家として、正直にやって来たなどとは私には到底思えないが、「正直」にこれまでやって来たのかもしれない。感情を顔に表して好悪をはっきりさせて上の地位についたのかもしれない。だから、今回は思わず漏れた本心なのかもしれない。でも、私には料理を〝おいしい～ッ〟とオーバーに表現する日本のＴＶの中の芸人の「技」のようにしか見えない。

いずれにせよ、立派な大人の態度とは思えない。私と同程度の度量の人間みたいだ。もし、握手の時に、せめてにこやかな顔をしていたならばどうであったろうか。私はさすが偉大な国を治める度量の大きい人間だと畏敬の念を持ったに違いない。一部の反日感情の強い人たちが何と言おうとも、人と人との付き合いを個々人の感情を越えて応対できる人物として敬意を持つに違いない。大人物ではないか。

こんなふうにあからさまに顔に感情を出すのは、私と同じ次元の人物に過ぎないとなれば、私は一層恐れを感ずる。小人物のしでかす事柄が世の為、人の為にならないことを、私は自分の器から良く知っている。権力を握っている人物が感情的になることは恐ろしいではないか。近視眼的な思考の者が欲を出して自らの感情の赴くままに行動することは、私には大変恐ろしいことに思えるのだ。

・**facebook.** メンツ　　　　　　　　　　　　　　　　　　　　　　　　（2014.11.11）

私は政治にかかわりたくないから、政治はもとより外交にも門外漢である。でも、首脳と首脳が握手して会談をしようという時の、一方の首脳の態度に驚きあきれた。笑い顔をしないどころか、片方が喋っているにもかかわらず、横を向いてしまうというその態度に、非礼どころか失礼で無礼だと思った。〝礼は往来を尚（たっと）ぶ〟というが、日本がそのような態度を取ってもよいとでも言うのであろうか？おまけに、『人

遊生放語 ──────── 123

民日報』は、その時の写真で、背景には国旗がないことを示していた。他のアメリカ、ロシア、韓国の首脳との握手には背景に国旗があるというのに…。

この態度は、日本とは特別な関係で、安倍首相が会いたいから会ってやっているのだということを中国の人びとに示しているのだと思う。これは外交と言うよりも、自分たちのアリバイ証明ではないか? メンツだと思う。誰のメンツか? 言うまでもなく政権党としての中国共産党のメンツであり、その主席・習近平のメンツだ。これまで、散々に日本に対して暴言を吐き、敵対してきたのに、エイペックという場では、ホストとして日本の首相と会わねばならなくなったから、やむなく取った態度であろう。とても笑顔など表わすわけにはいかなかったのだろう。それで、こんな姑息な手段を取ったのであろう。自分たちのやむなき態度をあの不愉快な態度が示していたのだ。メンツにこだわって笑顔1つ見せることができなかったのだ。

もし、笑顔で対応していたならば、さすがに大人の国の主席だと畏敬と敬意の念で観られたに違いない。その度量の広さと大きさに、ある種のかなわなさを誰しも感じたに違いない。ところが、メンツにこだわって顔をこわばらせているではないか。私は、哀れに感ずると同時に、かすかに軽蔑の念さえ生まれ、そして、こういう軽薄な人物だからこそ、これからの対応に一種の恐れが生じた。以前から〝ニコニコの習近平〟と言われる人物に、このような姑息な対応を画策したのは、私の推測では、小官僚の近視眼的発想をする人物から出たものに違いない。だから、外交関係の長・楊ナントカであろうと思う。いかにも彼がやりそうだと推測するだけで、根拠はないのだが…。彼は国連での演説に際しても、日本の国名を挙げて非難したりした男だ。それが今回は、罵っていた日本の首脳と自分たちの主席が親しく会い、握手せざるを得なくなったのだから、せいぜい顔を硬くし、そむけざるを得なかったのだろう。握手だって固く握っているようには見えなかった。こうでもしなければ自分たちのメンツが立たないというわけだ。

私の推測では、こういう小人物がメンツにこだわっているわけだから、日中の交流も簡単ではいかないだろう。歴史認識にせよ靖国神社参拝にせよ、いつまでもカードとして使うに違いない。私は、靖国神社参拝など大反対だ。日本のために戦死した人々の魂を鎮めるというならば、千鳥ヶ淵の〝戦没者墓苑〟に参ったら良いのだから。第一、天皇まで忌避している靖国神社に、超党派の議員がぞろぞろと参拝しているなんて、右翼は何をしているのかと、呆れている。右翼は天皇の意に反する行為だと奴らを糾弾すべきではないのか。

それはさておいて、安倍首相が得々と、今回の会談をあたかも勝利したかのように述べているのは、相手の首脳の不快な顔があったればこそだ。相手が無礼な態度を取ろ

うと、実質的な「海洋連絡メカニズム」の早期運用開始にこぎつけたのだから、これ
だけでも得意顔になるのも致し方ない。そもそも「戦略的互恵関係」なんてなんだか
よくわからないが、これを繰り返す安倍首相も、もし相手の笑顔に抱擁されていたな
らば、浮いて滑稽な言葉になってしまっただろう。中国側の、自分のメンツばかり考
えてのあのむっつりした顔が全世界に流れたからこそ、安倍首相の存在が大きく浮か
ぶことになったに違いない。

・**facebook.**   (2014.11.16)
今日は久しぶりに京阪に乗った。大学1年の時には「六地蔵」に下宿していたから、
京阪宇治線はよく知っている。「中書島」から大阪方面の方は、枚方の私立高校にアル
バイトとして教えに行っていたことがあるから、「枚方市」までは知っている。「樟葉」
などはまだない時代だ。その時から、もう何十年にもなる。だから、「淀」周辺のあの
荒涼としたゴミ捨て場の台地の印象からすると、緑が生え、ビルが建つ現在は、確か
に隔世の感があった。

・サンゴの密漁   (2014.11.19)
中国から小笠原諸島にまでやってきて、サンゴを根こそぎ密漁する者が中華人民共和
国の漁民だそうだ。この写真や報道を見たり聞いたりすると、イライラして義憤に燃
える。サンゴを200数隻もやってきて採るということだけでも異常で、恐ろしさを感
じる。しかも採り方が、底引き網で根こそぎ採ってしまうそうだ。サンゴのみならず、
漁場を荒らしまくる。更には、日本の領海内に入り込む。鉄製で武装した異様な舟が、
我が物顔で荒らしまわる様を見せつけられると、どうしても、怒りが込み上げてくる。
サンゴが高級品で、莫大な金になるから、遠く2千キロも離れていてもガソリン代や
罰金を払っても、利益になるのだそうだ。でも、これはどう考えても個人主義的な自
恣（じし）ではないか！自分のところが金がもうかれば、相手が迷惑しようと、他人
が困ろうと、後はどうでもよいとする考えだ。資源としての保護や、後先のことを考
えない自恣だ。こういう自恣を、日本もやって来たかもしれない。マグロやクジラな
ど海の資源を荒らしまわったことがあったのかもしれない。でも、少なくとも今は、そ
ういう乱獲の反省に立っている。日本は、そういう乱獲が資本主義的に見ても、もう
からないことを悟ったのだろう。
よその国、今は中華人民共和国のことを考えてみても、この自恣は、明らかに経済的
には貧困から来ている。また、倫理的には貧相な思考から来ていて、どこにも高度な

倫理性を感じられない。私は中華人民共和国が好きではあるが、その理由の多くは、「人民」という言葉に含まれる倫理性を感じたからに他ならない。「万国の労働者よ、団結せよ！」などと言っていた。無産階級の貧農・下層中農が主体となって中国革命を成功させた。彼ら貧農・下層中農は革命後55年もたつのに、いまだに経済的には貧農・下層中農のままではないのか。

個人的な自分さえよければ他のことは考慮しないでどうでもよいなどという発想は、資本主義の国の個人主義による堕落した考えで、無産階級たる「人民」は資産を持たざるがゆえに高度な類的な発想ができると、言うのではなかったか？共産主義でもよい資本主義でもよい、どこに倫理性があるのか？個を越えた類的発想がない国など、敬意するほどのこともないのだ。軽蔑に値するといってよい。

「人民」がこんな自恣の行為に出るのは、今の政権が良くないに違いない。共産主義と言うのであれば、共産主義的な倫理性を発揮すべきだ。それなのに、金銭のみに価値を見出す堕落した社会風習や思考を放置して、助長しているではないか。政権は、取り締まると言っていたではないか。それなのに、また70隻に増加している。政権のブレーキが効いていないのであろう。政権党である共産党の幹部が、アメリカに妾を伴って移り住み、億という金を持ち出しているではないか。それも1人や2人の特別な話ではない。貧富の格差はますます広がっている。こんなことで「人民」が政権党の言うことを聞くわけがない。

倫理は形而上のことだから、形而下の経済に拘束されるのかもしれない。それならば、すっぱりと共産主義（今は、その手前の社会主義だそうだが）の看板をとり下げるべきだ。私は主義などどうでもよい。ただ、人を納得させる倫理を持つべきだと考える。どんな国でも人でも、メンツばかり考慮して、倫理性の高くない者に信頼も敬意も持つことはできない。今更、高倉健の死について大々的に取り上げたからといって、日中の友好が促進できるものでもないのだ。

・facebook.　　　　　　　　　　　　　　　　　　　　　　　　　　　（2014.11.19）
昨日、8,640円もする「肺炎球菌ワクチン」を摂取したので、腕がかゆくてたまらない。気を許すといつの間にか掻いている。5年間有効だという。ということは前にしてから、もう5年がたつわけだ。そして、あと5年は生きているということになろう。

・facebook.　　　　　　　　　　　　　　　　　　　　　　　　　　　（2014.11.23）
昨日22日は、私にとっては大変楽しい日であった。昭和45年中学・昭和48年高校

卒の「還暦記念同窓会」があって招かれたのだ。

私は大失敗をして遅刻してしまった。幹事をはじめみんなや、挨拶している新穂先生に失礼した。

私のは、あわてた挨拶だったので、あまり意がよく伝わらなかったと思うので、拙いながらも、ここにアップしておく。

　挨拶

　みなさん、還暦とのことで、おめでとう！還暦は華甲とも言って、中華の「華」と、甲乙丙丁の「甲」の字を書きますが、「華」という字には漢数字の「十」が６つと１つの「一」の字から成り立っているので、数え年の61歳を意味します。「華」（はな）の「甲」（はじめ）で、皆さんは60歳代になったわけです。

　私はみなさんより一回り一寸上で、もう73歳ですが、今年の８月に前立腺癌が発見されて、やっと老人の仲間になったような気がします。私の拙い狭い人生経験を振り返ってみると、60歳代は割とよかったような気がします。私の「華」が咲いていたような気がします。私は、人生はどんな人でも２度は「華」が咲くと思ってきましたが、大輪のヒマワリや薔薇でなく、小さなタンポポやスミレ、あるいはシュウメイギクの様な「華」ならば、何度でも咲くと思っています。

　みなさんは、60歳代、何度目かの「華」を咲かせる年になりました。これからも元気を出して愉快にやってください。「華」の60歳代のために乾杯しようではありませんか！

　為大家的健康乾杯！

・サプライズ

(2014.11.23)

かつて３年間担任をした生徒たちの「還暦記念同窓会」に招かれた。喜び勇んで出かけたのだが、しばらく外出していなかったので、いわゆる三連休の紅葉の京都でバスに乗るということに対して心構えが甘かった。いろんな事情があったが、要するに私の甘い判断で、結果として15分ぐらい遅れてしまった。失敗である。失礼した。

今年は去年と違って、指定座席に座っていないでこちらから各テーブルを回ろうと思っていた。事実回ったけれど、各人とほんのちょっと言葉を交わしただけで、おまけにみんなを逆に立たせてしまって、これまた失敗ではないだろうけれど、失礼した。というのも、だいぶ耄碌した頭では、誰と何を話したかわからなくなってしまったからだ。ほぼ70名ぐらいの参加者の内、毎度のことながら女性の顔がわからなくなっている。また、今回は男性でもわからない顔が幾人もいた。それで、サプライズというわけだ。

遊生放語————— 127

常連のKモリ君、敏弘君や早紀子さん、陽子さん、鏡子さんなどの顔を見なかった。その代り、高志君や貞男君、マキシ氏、シーチャン、隆男君、良行君、キンダ氏、昌隆君、伴子さん、幸子さん、維久子さん、成子（のりこ）さん、などが私にはサプライズであった。

高志君は次期の幹事だ。一見おとなしそうに見えるが、結構な経験を積んだようだから、うまくやってくれるであろう。貞男君は上海でビルを建て、中国語を覚えたそうだ。私と中国語でしゃべったのだ。評論家のマキシ氏には、ずいぶんいろんなことを教えてもらった。この日もトイレの連れションで、女性は旦那に愛されているかどうかできれいになるとの論を語ってくれた。その他沢山のことも知っており一家言を持っていた。シーチャンはますますイケメンになっていることにびっくりした。運動をしているそうだが、腹が醜く出ていない。その彼も、65歳を越えたら手術はしんどくなるだろうと言っていた。かおるさんは今日は通訳の試験勉強だと言っていた。隆男君は、小貴恵ちゃんに旦那は来ていないのか？と聞いた時、あそこで光っていますと言うので、振り返ったら、額の光る男がいた。いつも何だかよそよそしくすました顔で、いたずらっ子の目で話をするのが懐かしい。良行君には私は久しぶりで、大学では「三種の神器」は役に立たないと言う。「白文」だから。何と立派になったものかと思った。お母さんが足の怪我で入院したというその日に、ここにいるということだけでも偉いではないか。彼に代わって付き添っているお姉さんに感謝しよう。西大寺まで一緒に帰った。キンダ氏も久しぶりで、わからなかった。TVなどで見るよりもずっと若々しく高校生みたいだった。私は、彼がこの会に参加したということが、ある種の容認のような気がして、嬉しかった。高1の時の学園祭の劇を立派にやり遂げてクラスをまとめたのは彼だったから。お父さんがだいぶ前に亡くなっているそうだ。昌隆君は今、鳥取で、小児科の方面で頑張っているそうだ。サプライズの最たるものは、伴子さんの参加。私のイメージからするとすっかり変わって、小柄な可愛いおばあちゃんになっていた。お世話になりましたと言われたが、私の方が結局世話になったというべきだろう。幸子さんもわからなかった。彼女は私の隣に座っていたのだ。確か彼女は高2の時に担任をした。バスケット部だったと思う。今日は名張から来てくれたそうだ。維久子さんもずいぶん変わっていたが、よく見れば確かに面影がある。今は茨木市の方に住んでいるそうだ。成子さんには、「しげこ」と言って、覚えているかどうかのテストに私は合格しなかった。確かに特別な名前だったことをよく覚えていたが、「のりこ」というのは忘れてしまっていた。進路相談の時、「大丈夫だッ！」と私が言ったそうで、それで自信ができ受かったそうだ。私はまるで覚えていない、いい加減な

男だ。だが、そういう時と意気を共に持ったことが私の隠れた財産になっている。

*魔雲天：先生、先日はありがとうございました。
そうです！先生が各テーブルを回るというのはダメですよ。先生は指定席で、隣の席を空けて皆が順番にお話しに行くスタイルでなければなりません。次回の幹事に伝えるようにします。
それにしても、先生、すごいですね。皆とのちょっとの時間でのやり取りを正確に覚えていらっしゃる。頭の中のメモに記録されているのでしょうか？
これが一番のサプライズです！

---

*邱羞爾：魔雲天、コメントをありがとう。私と話づらい人もいるかもしれない。でも、そばまで行って話すのもどうかと思う人もいるかもしれない。特に女性は！女性のそばに行くのが、下心だったのさ。でも、正直、顔も名前もよく覚えていない人が多かった。

・安心感
(2014.11.24)

「記念の同窓会」に遅れてしまって、そそくさと席に座ってあたりを見ると、笑顔で迎えてくれる者があちこちにいた。それが嬉しい。

指定の席には、幸子さんと浩一君、ナオチャン、秀行君、それに洋子さんがいた。もちろん、新穂先生が左隣だが、ご挨拶の途中だ。新穂先生の話はなんだか難しい。さすがに生物の話で、「死」のことに触れている。有益なお話だが、私はあまり座席にいなかったので、先生とお話もほとんどしなかった。この前は帰りのタクシーの中で少し話したけれど、今度の会場が同じ近鉄のビル内だったので、切符を買う時に「どちらまで」などと言葉を交わしただけだ。でも、こういう方がまたこの次にも会えるような気がした。

浩一君とは昨年話さなかったので、積極的にことばをかけたが、胸の写真2枚の可愛らしさに、年月の長さを感じた。でも、この企画は良い。特に中学の時の写真は貴重だ。幹事は準備に良いアイデアと、手間暇をかけたものだと感心した。浩一君は次期の幹事だ。彼の落ち着いた味わいのあるユーモアーが生きるであろう。ナオチャンは、喪中だそうなので来ないかと思った。あの笑顔は幾つになっても変わらない。かなりのストレスがあるそうだが、顔を見ている限り、こちらが癒される。秀行君は、立派な感想文をブログに書いてくれたので、こちらはすっかり恐縮している。また、彼の割と素っ気な

いながらも優しい文章を読むことができるであろうか。洋子さんは、私が席に座るとすぐさま近寄ってきて、以前独奏のあとでお礼のあいさつをしなかったので申し訳ないというようなことを言いに来た。私は何のことかよくわからなかったが、たぶん久しぶりに参加した４年前の時のことを言っているのだろうと思った。もしかしたら５年前だったかもしれない。律儀な洋子さんは、私の為に食べ物を取ってくれた。

急に近づいて来た男性がある。なんと雅生君だ。私の体を心配してきてくれたのだ。彼には手術のことや、他のことでも、急に家まで電話をしたことがあったからだ。新しい職場で楽しく、裕福にやっていると言う。面倒なその他のことを端折って、良い事だけ言うのも、１つの処世術だ。いや、良い性格から来ているのだろう。こんな人がいるとありがたいし頼りになる。

理君の顔がじっとこちらを見ていてこちらも彼に気が付いて、目が合った時、お互い笑った。言うことは何もなくそれだけで私は十分だった。彼は、私への「献辞」を貴重な自著に書いてくれた。こんな光栄なことはない。４冊目の原稿を脱稿したようなことを言っていた。

正光君は顔が変わったような気がする。昨年もよく活躍していたが、今年は智香子さんが幹事なので、親切な彼も「内助の功」をというわけだ。

英之君は固い顔が年々柔らかくなっていくようだ。今年も甲子園に出て、しかも１勝したそうだ。「僕らと会った時先生は20才代だったのですね」と彼は驚いたように言う。もっと年寄りに見えたそうだ。当時私は新米の教師として、同僚の皆さんに迷惑をかけた。つまり、経験の一番ない新米と思っていたから、私はみんなとは４つか５つの違い位しかないと思っていた。でも、「20代だったのですね」という声を他にも今日は聞いた。主観的に私は若いと思っていたのに、当時はそうでなかったらしい。今では、彼らの人生経験からして、私は年下の考えしか持っていないかもしれない。年上としても、せいぜい３つか４つの差でしかないだろう。私はいつまでも、未熟なままでしかないと思っている。

聡男君は去年もミャンマーの話をしていたと思う。ミャンマーが一番日本に似ていると言っていた。これから１年の半分以上をミャンマーで暮すようなことを言っていた。典子さんも、次期幹事だ。すらっとしていて明るい人だ。楽しくやってほしい。

クマコさんは、親切に食べ物を取り箸まで用意してくれた。御主人が作った玉ねぎをおいしくいただいたと言ったので、今年もできたら送ると言う。いっぱい言うことがあるけれど、こんな席では、どういうものかうまく言えない。佳子さんは、家に来たことを覚えていて、挨拶してくれた。奥さんは元気ですか？と言うので、元気、元気

と答えておいた。実は彼女はあるグループの写生旅行に参加して、今日は外泊なのだ。哲也君のじっと見つめる客観的な眼に会うと、見つめられていることを安らかに受け入れられる。彼は私の知る限り皆出席ではないだろうか。前回は確か親のことなどで悩みがあるようなことを言っていた。良史君は二人いる。会誌の方の良史君。今度の号に続きを書きたいか？と聞くと、第4号で思いっきり書くようなことを言っていた。第3号の文章はまだ読んでいない。彼はメキメキ明るくなったように感じる。和哉君とは、テニスの話になる。100年史にうまく書かれていると言ってくれたが、私は「100年史」なるものを読んでいない。去年も和代さんと並んで座っていて、テニスの話になった。和代さんから、インターハイの時の話を聞いたが、私はもう忘れた。あの時にもらったインターハイ出場の記念章が抽斗のどこかにあるはずだ。和代さんともいろいろ話したいが、お互いの過去の齟齬などは、楽しい思い出としていつか話すことになろうし、今日はその場ではなかった。

敬君などと言ったら、どこの誰のことやら落ち着かない。やっぱし、魔雲天が良い。魔雲天は、相変わらず、機器に忙しい。ブラジルには今年もう4回行った。今もブラジルからお客さんが来ている、などと言う。私は気を許した人にはわがままで無遠慮なので、今日も漫才をやるか？などと聞き、この頃だんだん面白くなくなっているから、おもしろくやれ！などと言った。後で恒例になった彼らの漫才を聞いたが、裕正君とのコンビはなかなかのものだ。もう少しゆっくりやればもっと良かった。でも、即興で、或いはちょっとした打ち合わせだけで、すぐさま皆を笑わせるというのは大したものだ。なまじの才能では出来ないことだろう。その裕正君はわざわざ『平生低語』のお礼を言いに来てくれた。お礼を言うのは私の方で、コメントの書き込みといい、読んでくれるということだけでもとても嬉しい。

ケントシとは前回話さなかったせいか、久しぶりのような気がした。彼だけはみんなが少しも変わらないと言う。容貌と言い、親切なところも。彼は早速椅子を運んできてくれた。信幸君も相変わらずだ。彼も皆勤ではないか。去年は早くから受け付けの前に待っていて話をしたが、今回はあまりしなかった。皆勤といえば、芳伯君もそうではないか？無口の彼がお母さんに似てかなりおしゃべりなのを前回の時知ったが、私とはあまり話さない。かつて、京大の時計台の前で偶然彼と会ったことがあったが、彼は覚えているだろうか？確か平沢興先生が総長の時であった。

Momilla君のニコニコ顔に会えば、心が安らかになる。彼は、ブログに「文句ばかりつけて申し訳ない」と言うが、こちらは心底大変喜んでいる。最後の「学友の歌」の指揮ぶりは、こんな楽しい人はいないと思えるくらいだ。音楽にこんなに惚れている

遊生放語————131

人も珍しいのではなかろうか。

　＊魔雲天：先生、ご講評ありがとうございました。
私もゆっくりやりたかったのですが、プロのヒロマサはテンポを重視します。その結果、あのようになった次第です。
次回はもう少しゆっくりやります。
「安心感」を持って聞いていただけるように！

　＊邱羞爾：魔雲天、コメントをありがとう。
テンポは確かに大事ですね。しゃべくりのテンポと、動作のテンポがあるような気がしたのです。
余計なことを言って申し訳ない。
それにしても、素晴らしい！

・気楽さと耄碌
(2014.11.24)

篤君が今回の幹事だ。忙しそうだったから、話などできなかった。考えてみれば昔から、彼とは個人的に話をしたことがなかったと思う。もし私に携帯電話があったなら、遅刻する連絡ができたのだが、ペースメーカーを入れている私は携帯を持っていない。西大寺に着いた時、公衆電話を探したけれど、そんなことをしているより、やって来た急行に乗った方が早く着くと思い、連絡しなかった。失礼した。寧子さんは去年の幹事だ。さすがに去年より気楽な様子だった。裕子さんは次期の幹事となった。前回は西大寺から一緒だったが、今回は話をする機会がなかったような気がする。薫さんには、ハガキのお礼を言うべきところ、十分に意を尽くすことができなかった。眞理子さんとは今年も話をしなかった。いつも、お姉さんや妹さんのことを聞こうと思っているのに、どういうわけか機会がない。
通子さんと純子さんとは彼女たちが幹事であった時に、お世話になった。漢文が苦手であったと言うが、そんなことはもうどうでも良い事だ。「虜兮虜兮　奈若何」（虜や虜や　なんじをいかんせん）という一句を記憶に残していてくれているだけで「御」の字である。私との付き合いがそれだけであったのに、何年かのち、或いは何十年かのちに、その「時」が心に灯る。２人には帰りがけに、用心のために持参したマフラーを感謝とともに見せた。
倫代さんとはやっと話ができたが、私がすっかり耄碌していて初めはひと間違いをして

しまった。彼女もサプライズな人で、かつての私の観察とはまるで違った生き方をしているようだ。お菓子を作るのが趣味でもあると言う。そのチョコレート菓子を食べたいものだと厚かましくも私は言った。良香さんには、お父さんの絵の感想を少し言ったが、亡くなられたお母さんの遺留品を頂いたことへのお礼の方が主となった。良香さんは、お母さんの跡地で居酒屋を開こうと思っていると言う。軽率な私はすぐ、「それは楽しい」などと無責任に言ったが、あんがい良香さんならやれるのではないかとも思った。ノッチャンとは話をしただろうか？ 私のこの学年に対するイメージはノッチャンなくしては実を結ばない。いつも彼女がいるのだが、それゆえ却って話などほとんどしない。でも、いつも彼女は私を見つめていてくれるという気安さがある。由紀子さんは幹事として最後まで送ってくれた。それなのに、名前を間違ってしまって本当にすまないことをした。優しい彼女を傷付けたのではないかと思ったが、考えてみれば我々はそんなに軟（やわ）な年ではなくなっている。

ガマサンと会うのは本当に楽しい。この同窓会がいかにも楽しいといった風でいつも参加している。彼女は、今の教え子たちのことを思いだす一方、この同窓生のことを思い、「やっぱりみんな優秀なんですよねぇ」と言った。村岡花子の孫がアンの続編を訳して出版すると嬉しそうに言って、相変わらずの「アン好き」を発揮していた。

トコがスカイプで参加した。昨年も話をした。でもこういう機器を通しての話は苦手である私のことを慮って、今回はトコの方から切り上げてくれた。トコは、会誌に書いたのが舌足らずだったので意が伝わるか心配だと言う。ぜひ読んでくれとも。まだ読んでいないが、トコのお父さんがまだご健在と知って嬉しく思った。

洋八郎君の今年はおとなしかった。相変わらず進路指導をやっているようだが、少し慣れたのであろうか。私は彼の大きなお腹を見ると、まだ大丈夫と安心する。好恵さんは相変わらず元気だ。「元気に遊んでいる」と言っていたが、その遊びがダイビングとは知らなかった。夫婦仲良くとのことだったから、こちらは何も言うことはなかった。晴代さんとは今回もろくに話ができなかった。なぜかタイミングが悪いのだ。彼女がスマートになったことに前回も驚いたのだが、今回もニコニコ顔は変わらないので、安心した。真紀子さんは、プリマドンナの貫録十分であったが、今はもっぱら指揮者の方に力を注いでいるとのことだ。以前に比べてややシニカルになっていたが、私は彼女の声をいつかやっぱり聞きたいと思った。ゲンコーは今回の幹事として大活躍だ。昔から独り立ちしていたが、一種の落ち着きと貫禄ができてきた。ヤンチは前回の幹事だ。幹事の大役を果たしたので、今回はいくらか気軽のようであった。水泳部の話をちょっとして、オンチのことを聞いたが、オンチのことはあまりよく知らない

遊生放語　———— 133

ようであった。近しい友人であっても、必ずしもいつも一緒というわけでないことは当たり前のことだ。逆に、今までそんなに親しくなかったのに、最近親しくなることもある。それが普通のあり方だろう。

欅君もよく顔を見る。今回初めて話をした。百衣さんも初めてだ。みんなよくこの会に参加してくれたものだ。彼らの広い心に感謝する。最後に、写真の方の良史君がいる。写真係としていつも忙しいので、彼とはロクに話をしていない。でも、毎回ご苦労なことだ。こういう縁の下の力持ちがいて、会はうまく進むのだ。

私は耄碌してしまっているから、名前の抜けてしまった人がいるかもしれない。魔雲天が名前入りの写真をまだ送ってくれないから、正確なことが言えない。確か、「ずっと美人になったね」などと言った人もいる。良く考えればセクハラなのかもしれないが、私の気持ちとしては実感だった。でも誰に向かって言ったのか、しっかり覚えていない。また、「今、失職しているのです」と言い、愚痴った人もいる。多分彼であろうと思うが、こんなことを、名前を間違えては失礼になるから、多くを語らない。ただ、そういう現実に対して私は、「そうか。それは大変だね」などと空虚な応答しかできない。でも、こんな私に愚痴ってくれるということだけでも嬉しいことだ。何の力にもなれないけれど、私は聞くことだけはできる。

同窓会は、昔の夢だ。昔の夢を取り戻す努力をしなくても、自然とそういう時空に入れるから、楽しいともいえる。そういう時空が、だから嫌いな人もいることだろう。でも、我々はリアルに時間の逼迫を感ずる年齢に突入した。ついうっかりと見間違えたり記憶違いをしたりすることが多くなった。朝起きればきっとどこかが痛かったりする。そういう私の日常の中で、一瞬の楽しみを22日には味わわせていただいた。近鉄特急がなくなっていたので、帰宅は23時を過ぎていたが、雨でもなく特に寒くもなく、良い半日であった。

みんな、ありがとう！

＊Momilla：先生、こんばんは。

先日の私どもの還暦記念同窓会、ご出席ありがとうございました。定刻になってもお見えでなかったので、何かあったのかと心配しましたが、渋滞でバスが遅れたとのことで、15分後にはおいでになり、安堵しました。

ご挨拶から乾杯のご発声、そして各テーブルを回られて出席者一人一人にお声をかけていただきました。本当にありがとうございます。

同期生のMLにも書き込んだのですが、今回は楽器が持ち込めず、私はピアノ伴

奏を自宅で録音して幹事に送りました。あれだけの広さで聞き取り難くはないか
と思うと、いつのまにか私は前に出て腕を振っていました。私自身普段では考え
られないようなノリですが、やはりこれも還暦記念同窓会の盛り上がりによるも
のでしょう。
ご帰宅が遅くなりお疲れになったことでしょうが、盛会の中でご満足いただけた
ようで、本当に良かったと感じております。

＊邱羞爾：Momilla 君、コメントをありがとう。
いやぁ、あの指揮はとても良かった。私にはいつもの「ノリ」に思えましたが、
すっかり音楽に陶酔している様は感動的でしたよ。あれがなければうまくまとまっ
ての歌にならなかったかもしれません。ご苦労様でした。
また、「消えた光景——鉄道周辺より」も、有益でおもしろく読みました。

＊Ｋモリ：先生、ご無沙汰しています。
今回は運悪く？家族旅行と重なり参加できませんでした。（親父の予定より自分達
の予定を優先する娘と女房に押し切られてしまいました）
来年は万難を排して参加するつもりですので、先生もよろしくお願いします。
ところで魔雲天も驚いているようですが、先生の記憶力と的確な再現力には『モ
ウロク』の『モ』の字の欠片も感じません。むしろ唖然とするばかりです。現役
で多くの人達と働いている自分の方がかなり危ういです。
気持ちを切り替えて、もうひと『華』咲かせられるよう頑張ります。素晴らしい
アドバイスをありがとうございました。

＊邱羞爾：Ｋモリ君、コメントをありがとう。常連の君がいないのは実にさび
しい。というよりも、病気ではないかと心配した。３連休でご家族奉仕なのは当
然のことだから、安心した。敏弘君や、早紀子さん、鏡子さんもいなかったので
気になった。陽子さんは、今日、喪中のハガキを頂いたから、何だかわかったよ
うな気がした。私はやっぱり「モウロク」していて、智紗子さんや、ともこさん、
真佐子さん、そして洋英君の名前を挙げるのを失念してしまいましたよ。申し訳
ないことをしました。FB も読んでいてくれてありがとう。60 歳代のＫモリ氏の
活躍「華」を期待しています。

● 2014年

＊ノッチャン：先生、先日は、お顔を拝見できて安心しました。
その上、色々なお気遣いに感謝です。
記念誌はまだ読んでいないとお書きですね。編集していて思うことは、多士済々、
本当に素晴らしい同窓生たちだということです。是非、感想をお聞かせ下さい。
と、帰宅途中の近鉄電車に座って書いています。定年を静かに迎えるのではなく、
こんな風に何故か忙しさが付いて回るのは「有難い」と感謝すべきなんでしょうか!?
さて、先生の私に対するコメントは、嬉しいような面映ゆいような…いつも買い
かぶり過ぎだと思いますが、言って下さることに感謝します。
同窓生みんなに対するその記憶力と的確な寸描に、まだまだ追い付けないなぁと
降参しますので、また、来年の同窓会にお越しくださいね。
では、そのときまでお元気で♪

＊邱羞爾：ノッチャン、こんなに遅くまでご苦労さん。遅い帰宅だから十分に気
を付けてください。でも、仕事があるのは良いことだ。みんなとの一言では、ず
いぶん予断と偏見のままになって、失礼なことの方が多いかもしれませんね。本
当はゆっくり昔のことを振り返ったらよいのかもしれません。でも、限定された
僕たちの時間がそれを許さない。「わすれな草」さんの「同級生」は衝撃的だった
よ。『会誌』をこれから読みます。

＊ガマサン：先生、おはようございます。
あれから、もう一週間たってしまったんですね。
本当にご出席ありがとうございました。
今更のコメントなのですが、私は実は先生とお会いするたびに、授業で習った
「詩経」の「桃夭」を思い出すのです。
高校一年生になって、すぐだったと思います。「桃の夭夭たる…」言葉の響きの快
さと、人生これからという元気と楽しさに満ちた感じがいつまでも心に残ります。
それと陶淵明の「桃花源記」も印象的でした。
ユートピアという言葉を知ったのもこのときだったと思います。
下世話ですが、ファミリーレストランの「バーミヤン」のあの桃の花マーク。な
ぜか結びついてしまうのです。
もちろん「虞や虞や若を奈何せん」も忘れられません。
みんなに元気をもらって、また一年、無事に過ごしてお目にかかろうと思ってい

ます。

＊邱羞爾：ガマサン、コメントをありがとう。日本の古典もよいけれど、中国の古典の多くは簡潔なのがよいように私は思います。「桃の夭夭たる 灼灼たる其の華 この子ゆきとつげば 其の室家に宜しからん　…」。確かに良いですね。単純明快なリズムと内容がマッチして心に響きます。時間と人々によってこそぎ落とされた真髄がここに残っているのでしょうね。それが我々の心を打ちます。

私は年に一度となった同窓会への出席が、励みとなっています。よろしく。

・facebook.
(2014.11.26)

京都市美術館で、「ボストン美術館　華麗なるジャポニスム展──印象派を魅了した日本の美」を見た。修復されたクロード・モネの『ラ・ジャポネーズ（着物をまとうカミーユ・モネ）』はさすがに迫力あり素晴らしかった。1876 年の作という。こんなわかりやすいジャポネスムもあれば、構図や視点などで浮世絵の影響を受けていると説明されるものもあって、有益だった。なかでも、エドヴァルド・ムンクの『夏の夜の夢（声）』1893 年 の縦の線がジャポニスムの影響だというのには、驚かされた。

・M&H さんのこと
(2014.11.28)

M&H さんの訃報を知ったのは、うっちゃんのFB だ。えっと驚いたけれど、81 歳と聞いて、また、驚いた。あの若々しい彼女も、もうそんな年になるのか。それにしても、まだ若い。

彼女のことを思えば、私は『TianLiang』という小冊子を思い出す。それはのちにまとめて『天涼』という本にしたが、彼女はその常連となってくれた。今、『天涼』第6巻 105 頁からの私の文章を再度掲載しよう。

> M&H さんと私との関係は、忘れられないものである。編転入入試の私の軽率な発言が、というより私は真摯な意見であったのだが、いたく彼女を傷つけたそうだ。彼女は私を恨み、罵っていたそうである。ところが事実として、私が心配したとおりになったので、彼女は威儀を正し、それまでの非礼を私に詫びてくれたのである。／要するに、そんなお年で若いのと混じってちゃんと勉強できますか、と私は言ったそうだ。彼女は無礼千万とばかり、関大には勇んで勉学しようとする者に対して、その気を殺ぐような、受験者の意を汲まぬ奴が試験官となっていると、会社や知人の間で、私の暴言についての非難を言いふらしたという。／と

遊生放語―――――137

ころが、大学に通って2ヶ月にもならぬうちに、あちこち欠陥が出て、動くことが出来なくなったという。あいつの言う通りになったという次第だ。口惜しいが体が動かぬというわけだ。／私の知らぬところで起こったこの1系列の事柄につき、ある日、彼女は私に謝り、先生の慧眼に敬服するといってくれた。／私は密かに得意でならないが、それほど私が慧眼であったわけではなく、たまたま急激な環境の変化が、彼女の過去何十年と休んだことのない頑健な身体に影響しただけのことであろう。／ともあれ、私は彼女の奮闘努力が好きであり、敬服している。／M&Hさんの今後の活躍を願ってやまない。|

以上は、『TianLiang』が毎号行なっていた辛棄疾の「詞」の朗誦をM&Hさんに頼んだ際の文章である。だから、彼女の朗誦も残っている。

こういういきさつがあったものだから、M&Hさんは、私がやっていた『TianLiang』を積極的に援助してくれた。今、彼女が書いたものをあげだして見ると、

1．2003年3月3日号「山西1週間旅行」、(『天涼』第4巻、195頁〜)。
2．2003年6月4日号(本の情報)「『中華料理の迷宮』、『中国人の生活風景』」、
　　(『天涼』第5巻、45頁〜)。
3．2003年9月5日号(本の情報)「荒川清秀著『一歩進んだ　中国語文法』」、
　　(『天涼』第5巻、131頁〜)。
4．2003年10月1日号「講演会「莫言の文学」に出席して」、
　　(『天涼』第5巻、162頁〜)。
5．2003年12月1日号「青島から曲阜まで——山東の旅」、
　　(『天涼』第5巻、225頁〜)。
6．2004年6月号「ロンドン古書店かけある記」、(『天涼』第6巻、72頁〜)。
7．2005年4月1日号「シルクロード 旅の始まり日記」、(『天涼』第7巻、9頁〜)。
8．2007年3月3日号「李敬澤著「莫言と中国精神」」の訳。
　　(『天涼』第10巻、125頁〜)。

こうしてみると、彼女が洋の東西にわたって活躍していることがわかる。そして(本の紹介)欄に中国料理の本から取り上げていて、早くから中国の料理に関する言葉に関心を寄せていることもわかる。彼女の旅行記は面白く、また、自分で撮ったユニークな写真は貴重である。彼女の趣味は多岐にわたっていたので、ここに触れていないことでは、歌舞伎のことがある。南座で顔見世の「招き」のニュースがTVに映ると、M&Hさんのことを思い出すくらいだ。私はつい最近思い出したばかりだ。彼女はよく正純君に切符を取ってもらって、今度は良い席だのなんだのと言いながら観に行っ

て、私に報告してくれた。

私は彼女とはよく、阪急の「淡路」で出会ったものだ。電車の中や一緒に関大の正門への坂道を歩きながら、中山時子先生と中国旅行に行ったときの話や、行かなかったときの話をしてくれた。彼女はおしゃべりが好きだったのだろう。そして、私がそれを『TianLiang』に書いて…と言うと、書いてくれたのだった。辛棄疾の「詞」の朗誦は、最初は嫌がっていたが、頑張って入れてくれた。貴重な声の録音だ。こうしてみると、楽しい一時期を共に過ごしたといえる。それは彼女が実に得難い人材であったからだと思う。私にとっては、圧巻は、莫言講演会のレポートで、簡潔でいて精緻な内容の文章である。今、『天涼』第5巻の169頁には、2003年9月21日の莫言とみんなで撮った写真が載っており、その右端に小さいながらも明るい、きびきびしたM&Hさんが見える。彼女の好奇心に満ちた、少女のような心が思い出される。

私が退職する前にも、研究室に会いに来てくれて、自分の学位論文のことを話してくれた。私が急いで書きなさいというと、「ゆっくりやります。ゆっくりですよ。急がない」と何度も私に噛んで含めるように言っていたのを思い出す。体のことはお互いあまり話さなかったけれど、体や時間はじっと耐えて受け入れざるを得ないことをわかりあえていたのだと思う。

今は、安らかにお休みください、と言うのみである。

· **facebook**. (2014.11.30)

29日の研究会で、原田修さんから本をもらった。題して『徒然中国──みてきた半世紀の中国』(桜美林大学北東アジア総合研究所、2014年11月25日、237頁、1,500 + α円)。原田氏の中国との交流(すなわち、中国の庶民の像)が書かれた貴重な記録である。「私の撮った写真をいっぱい入れてくれた」とうれしそうに語っていた。「はじめに」を読むと、竹内実先生から頂いたアドバイスだと紹介があった。〝読者にいろんな情報を提供するとき、その材料だけでいい、結論は述べる必要がない、読み手がいろいろ考え、自分で結論を導き出すようにすればいい〟と。原田さんの文章はしたがって、どれも含蓄に富んでいる。

· **12月になって** (2014.12.04)

12月早々、パソコンがおかしくなった。こうなると、あちこち電話をして助けを求めるのだが、その電話がなかなかつながらない。今は私には結構時間があるから、根競べのように、受話器を持って待っているが、時間のない人にはできるものではなかろ

遊生放語 ──── 139

う。私のPCはそれでも何とか3日に急に「修復」できたので、こうしてブログやFBにも、そしてメールも書き込むことが出来るようになった。

12月に入る前から、喪中のはがきを受け取る。それぞれの方にお悔やみ申し上げるが、お父さんやお母さんが亡くなった方でも、90歳代や80幾つだと、ややホッとする。そして、長生きの時代になったと思う。夫や妻、兄などのお知らせは、やはり70歳代か、それ以前の年なので、いっそう哀切な気分になる。それぞれの方に想いがあるが、黙してご冥福を祈るばかりである。

ところが、「父　忠紀が七十五歳にて永眠いたしました」という文面には驚かされた。「父」と言えば、90歳かせいぜい80歳を越えたお方だと思っていたのに、75歳とあっては、私とそんなに違わないではないか！仔細に見て、あの忠紀氏であることがわかった。彼は私と大学の同級生ではなかったか。そして、のちにある大学の同僚となる、イタリア語・文学の北川氏だ。息子さんから喪中の挨拶状を頂くことになるとは思いもしないことであった。物静かに煙草を吸い、人の言動をじっと見つめている彼の顔・姿が思い出される。彼の言葉は少ないながら、いつも正確であった。毎年自ら彫った絵の年賀状をくれていた。それも、もう受け取れなくなったと思うと寂しいというより無念である。というのも、私は版画の年賀状はだいたいとっておくのだが、彼の版画はだいぶ力が無くなり、粗雑なものに見えたので廃棄してしまっていた。2月にお亡くなりになったというから、年賀状の版画などは最後の力仕事であったのかもしれない。

訃報の知らせを聞くたびに、私はなんと不親切な不遜な男であるかと思う。せめて最後に会って言葉の1つでもかけていればなぁと思う。そういう無念が胸に残る。北川氏のみならず、喪中の挨拶をくれる人だけに限っても浅くない縁があるわけだ。その縁を私は不誠実に踏みにじって生きてきているのではないかと思う。だから、せめてお互いの縁は深かったねと思うことにしている。お互いの縁が深かったのだよといつも彼や彼女に語りかけることしか私はできない気がしている。

これまでにも多くの「無念」を感じてきた。私は父の臨終に1歩の差で間に合わなかった。母の死にしても、電話で受け取っただけであった。ごくたまに父母のことを思い出し、また、ごくたまに夢を見るが、そういうこととは別の次元で「無念」の気持ちが残っている。そうした時、つくづくと私は〝過ぎゆく人〟に過ぎないとも思う。どんなに濃い間柄であっても、〝個〟は別物だ。そのことは生死の時によくわかる。不遜でふてぶてしい〝個〟の生命力は、「無念」の蓄積で枯れていくような気もする。

今年は意外に多く「紅葉狩り」をした。嬉しいことに若い女性としたことが多い。赤い紅葉の木の下も幻想的だ。落ち葉を踏みしめて歩くのもなかなか味わいがある。サ

クラの花の下と違った幻想がある。静まった心のもとで、紅葉の林を歩くと、「今」があるだけで、「いとをかし」の気持ちになれる。
12月2日は、京都の最低温度が1度まで下がって、寒かった。二条城で木村英智による「アートアクアリウム城——京都・金魚の舞」なるものをやっていた。珍しく、我

二条城北大手門にて

が奥さんが見たがった。私はこういうものは好まない。タカが金魚ではないかというわけだ。でも、もっと珍しく、この私が〝奥さん孝行″をした。今年1年のお礼のような、打ち上げのような気持ちで付き合った。5時半開場には多くの人が押し寄せて、60分待ち70分待ちという話であった。そこで、夕食の時間を考慮して、皆が食事に行くであろう遅い時間ならばよいであろうと、7時過ぎに出かけた。この作戦は大成功で、チケットを買うまでの行列などなく、すぐ入れた。きっと時間の遅いことと、寒さが影響して人が少なかったのだと思っている。要するに、金魚鉢に入れた金魚、これはいくつかの珍しい種があったが、それに光をあて、音楽をバックにしたものであった。寒いから芸術鑑賞どころではなかった。荒城蘭太郎の「京都・金魚の舞」が毎1時間に1回あるので、それを観た。舞いまで時間があったので、かなり時間をつぶして、なんとか観た。早くから待っていたので前列になったが、後ろの人の為に座れというので、やむなくしゃがんだ。砂利の地面で足が痛くてかなわなかった。幸い、日本人形のような彼の舞いが7分ほどで済んだので、足腰が大事に至らなくてよかった。
私はこういう催し物に関心があったわけではない。恥を忍んで言えば、奥さんと夜何かに2人で出かけるという珍しいことに乗ったのだ。夜、暗い中を、金魚鉢を次々見て回る。いつの間にか結構な距離を歩いて見たことになるのだが、ずいぶん歩けるようになったと私は密かに喜んだ。以前ならば、とても痛くて出歩くことなどしなかったであろう。もう奥さんとは手もつながなくなったが、何年ぶりのことであろうか、2人一緒に歩くのは！それも二条城の北の〝二の丸御殿中庭″などを歩いたのだ。
上空を見ると月が皓々と照っているではないか、とにかく寒かった。

　　　＊やまぶん：「もう奥さんとは手もつながなくなったが」ということは，以前はつ
　　　ないでいたということですね。ふむふむ。

遊生放語──────141

＊邱羞爾：やまぶんさん：お久しぶりです。お忙しいですか？

私は先日、ある同窓会に招かれ出席しました。すっかり、〝青春の時〟に懐かしさを感じました。手をつないだ、あのころに感慨ひとしおです。

コメントをありがとうございました。

facebook.
(2014.12.06)

今日、本が送られてきた。坂出祥伸著『響きあう身体――〝気〟の自然観・瞑想法・占術』（関西大学出版部、2014年11月30日、337頁、3,200＋α円）。

80歳を超えた先生の迫力に圧倒される。

＊義則：坂出先生。

大学一回、二回と漢文を教えていただきました。

当時、現代漢語にしか興味のなかった私は出来の悪い生徒でした。

80歳を超えられましたか。母と同じ。

お達者で何よりです。

＊幽苑：懐かしいお名前です。お元気で何よりです。

＊邱羞爾：義則先生、80歳を超えての著作は、本当に頭が下がりますね。お母様の息災を祈ります。

＊義則：邱羞爾先生、ありがとうございます。

＊邱羞爾：幽苑さん、あなたも坂出先生に習われたのですか？あなたも元気ですね！

＊幽苑：坂出先生にご指導頂きました。懐かしいです。

いえいえ、最近、こんなはずじゃなかったと思う点が増えました。

facebook.
(2014.12.08)

今日は、7月に台風8号で中止になった、J:COMの『NHK　カジュアルクラシックコンサート』を、京都コンサートホールに聴きに行った。ビオラの演奏が特筆であっ

たが、チェロの低い重々しい音色もよかった。そして、音楽のわからぬ私にもわかるような演奏と解説で、おもしろかった！

　＊芳恵：弦楽器の音色は心が安まります。そして、生の演奏はやはり良いですね。

　＊邱羞爾：私にとっては、この年になるまで、音楽を聴きに行くなんて思ってもみないことでした。芳恵さんの言うように、プロの演奏はどれもきれいでした。

・**facebook**. 　　　　　　　　　　　　　　　　　　　　(2014.12.09)

井波さんから本をもらった。井波律子著『中国人物伝Ⅳ　変革と激動の時代　明・清・近現代』（岩波書店、2014 年 12 月 5 日、318 + 25 ページ、2,800 + α 円）。この第 4 巻で完結である。

「Ⅰ」を頂いたのが 9 月 6 日のことであるから、順調に 4 巻まで仕上がったのだ。これは大変なことである。才女・井波さんの筆の冴えをゆっくり落ち着いて味読したいと思うが、どういうわけか意外と時間がない。今日も医者に 3 時間もかかった。

・**facebook**. 　　　　　　　　　　　　　　　　　　　　(2014.12.11)

今日は北海商科大学の西川博史教授より本を頂いた。題して『戦中戦後の中国とアメリカ・日本——「東アジア統合構想」の歴史的検証』である。HINAS（北海学園北東アジア研究交流センター）、2014 年 12 月 10 日、386 頁、3,800 + α 円。

大学行政に多忙の中、研究だけは継続した西川氏は、研究の楽しさから〝青春〟のただなかにいると自ら言う著書である。国家という概念を相対化して「文化共同体」創出の営みを願うのがこの本である。

・**不順** 　　　　　　　　　　　　　　　　　　　　　　　(2014.12.12)

このところ寒くなるそうだが、近畿南部はまだマシで、平年よりも暖かい。もう 12 月の中旬だというのに、私はいまだにオーバーを着ていない。それでも、銀閣寺道から始まる哲学の道の桜並木は、枯葉がすっかり落ちて、枝が寒空に突き刺さるようにむき出しになっている。そういう寒空の彼方を見ていると、過去の懐かしい思い出の香

●2014年

りをかぐような気がする。「あぁ、シーズンも終わったな」という感想のもと、周りを見れば、なるほど観光客としての外人が少なくなった。白川沿いを歩いていると、背黒セキレイが白い腹を見せて飛びゆく。

だからと言って、静かな心でいるというわけではない。なにか忙（せわ）しない。まだ何も決まっていないというのに、早くから「解散だ」、「11月末解散だ」とマスコミは騒いでいた。首相さえ「私はまだ何も言っていない」と言うのに、「12月4日告示で14日投票」とまで決まってしまって、その通りになった。そして今では、「自民党が圧勝」とまで書かれている。私は選挙にはほとんど毎回投票しているが、早く動向を知ることは、本当に良い事なのだろうか？私などは気が小さいから、普段の心構えとして、物事の先をいち早く読んで、事態の変化に対応しようとするが、それは実力のなさがなさしめることだ。本来予測してその通りになることなど必要なことではないはずだ。だから新聞などジャーナリズムが早く予測して当たることが、果たしてそんなに良い事なのかどうか…、何かが間違っているような気がする。今までには投票結果でも、まだ1％しか開票していないのに、当選確実などを宣言して、落選するということが幾つかあった。それがだんだん少なくなってきて、いわゆる民意を察知する技術が向上したようだが、何だか味気なく、空恐ろしい気がしている。物事を予想して、その通りになって、予想をまたして、予想通りになる。こんなカラクリにはまっていることに何か違和感を抱いている。

今日は眼科に行った。9時始まりだというのに、8時25分には入口で立って待っていた。幸い、30分にはドアを開けて入れてくれた。作戦通り1番だった。しかし、視野狭窄の検査や、緑内障の検査などで、結局終わったのは10時半だった。どちらも、現状維持だそうで、それほど悪くなってはいないそうだ。本当はこの頃物が二重に見えるなどの症状があるが、面倒なことになると思って黙っていた。その方が、どうせ原因などわかるはずもないし、すぐ治るはずもないから、早く終わった方が良いとの算段からだ。思惑通り進んだが、その後、ちょっと寄り道の仕事をしたので、半日がつぶれ、帰宅したのは12時近くになっていた。一応子供にもらった帽子に、頂いたマフラーなどをして防寒対策をして歩いているが、汗をかくわけでもないので、今年は暖冬だなぁと思う。

我が家は、留守電に設定している。いわゆるオレオレ詐欺の予防対策だ。でも、つい先ごろまでは、アンケートの録音した電話が多かった。多くの人に聞くためであろうが、録音の声で次々に番号を押せと支持されるのは不愉快ではないか!?「今度の選挙に何を期待しますか？」とか「どの政党を支持しますか？」などと…私は不愉快極ま

る。こういうことでいわゆる民意が計られているのだなと思う。だから、そういう録音には答えず切ってしまう。今日は、どこかで聞いたような女性の声が入った。慌てて受話器を取り「誰？」と聞くと、何と中国からだった。ついそこから電話をしているようなはっきりした声だ。おまけに日本語がうまい。彼女が帰国して20日ぐらい経つので、実に懐かしい気がした。楽しい内容の電話ではなかったが、若い女性との話で、私は結構浮いた気分であった。

次々に著作を頂いて、ありがたいが、私はいまだに机の上の本や物が整理できず、右にしたり左にしたりで時間ばかり費やしている。と言うわけで読書に移れない。こんなことで焦りながら、師走が過ぎて行く。

・**facebook.** (2014.12.15)

毎年恒例になっている弁護士・坂和章平氏の本が届いた。

1．坂和章平著『2014 年下半期 お奨め50作』（SHOW-HEY　シネマルーム 33）
　　サンセイ、2014 年 12 月 10 日、308 頁、1,200 + α 円。
2．坂和章平著『坂和的中国電影大観3』（SHOW-HEY　シネマルーム 34）
　　サンセイ、2014 年 12 月 15 日、502 頁、1,800 + α 円。

どこに、こんなに多くの映画を見る精力があるのか、感嘆するほどだ。後者には、坂和氏と莫言氏との会談も載っている。

・**facebook.** (2014.12.17)

16 日は一日中雨だったので、散歩を休んだ。もう何か月も借りっぱなしであった本を久しぶりに読んだ。谷川真一『中国文化大革命のダイナミクス』（御茶の水書房、2011 年 10 月 18 日、227 + 24 頁、6,800 + α 円）。陝西省の県誌を丹念に読んで、文革の造反運動がどのようにして起きたかを考察するとともに、解放軍の役割を検証して、一般に言われるような解放軍が参加したから安定したという幻想を、むしろ混乱と混迷の状態にしたと実証している。地道に多くの資料（＝県誌）を読んで論を組み立てているので、説得力があった。有益な本だった。

何回も借りては返しして読んだ本だったので、これで今年の負債を返したような気持ちになれた。

・**facebook.** (2014.12.18)

18 日の朝、目覚めたら一面雪だった。3 センチぐらい積もっていただろうか、まだ降

遊生放語―――― 145

り続けていた。昔は雪ならば、喜んでいたものだったが、今では、歩きにくさや寒さなどのことの方を先に思い、雪が嫌いになった。京大病院に出かけて検査の申し込みをするためだけのために行ったのだが、やはりお医者さんの問診が必要なので、なんだかんだで午前中かかってしまった。検査自体は1月中旬。午後になったら、雪はやんだようだ。中国からある人が面白いからと言って本を送ってくれた。岳南著『南渡北帰』全3冊。1冊が450頁以上もする大部な小説だ。うれしいし、ありがたいけれど、私はとても読み切れそうにない。

・ずいずいずっころばし
(2014.12.20)

つい先だって、湯飲み茶わんを壊した。立ちあがって台所に行くときに、ドアを開けようとして、お盆の上の湯飲み茶碗を床に落としてしまったのだ。割れたわけではなく、形がそのままだったので、無事であったかと喜んだのもつかの間、やはり底から水漏れしてしまう。残念だが捨ててしまった。今日は、陶器の器を割ってしまった。といっても、私が悪くて割れたという自覚がないのだが、洗い桶に積み重ねておいたので、上からお湯を出したときに無理な力が加わったらしい。食器類の洗い物をしようとしていたのが私だから、私の責任だが、自らの手で割ったわけではないので、何か騙されたような気分だ。

割れた陶器のせいで右の小指を切ってしまい血が出た。私はワーファリンという薬を飲んでいるので、血がなかなか止まらない。綺麗な赤い血であったが、血は人を慌てさせる。

そんな時、ふと「ずいずいずっころばし　ごまみそずい　…　井戸の周りでお茶わん欠いたのだぁれだ」という唄が口ずさんで出てきた。昔から、この唄には不思議なところがあると思っていたが、「ずいずいずっころばし　ごまみそずい」の「ずい」ってなんだろう。最後の「井戸の周りで」というのも、不思議だった。昔のことだから、井戸で食器洗いの水を汲んだのであろう。だから、井戸の周りでよくお茶わんも割れたのであろう。でも、いきなり「行っこなぁしよ」の次に出て来るから私には不可思議なつながりだと思えたのだ。

先日出会った中国の女性（X女士）が咸寧に戻り、そこで開かれたサロンで報告をしたそうだ。その紹介が李城外氏のブログに載った。書いたのは董芳という向陽湖文化研究会の女性。武漢大学歴史系の修士出だそうだ。それによれば、私とあった彼女（X女士）は、私に5つの大きな問題をインタビューし、それに私がいちいち答えたようだ。しかもその答えが立派なもので、10余人の中国の聞き手に大いに感動を与えた

ような書き方だ。私は呆れてものが言えなかった。私は5つの大きな問題なんて知らない。そして、およそ意義だとか目的などに私は無頓着で、正面からそういうことを話したり述べたりする男ではない。そういう点で私には社会性がないともいえる。どうせそういう真面目な質問には、たとえ聞かれても韜晦して、わかったようなわからぬことで逃げたに違いないからである。しかし、まぁ彼女（X女士）としては、報告するとなれば、「著名な学者」である私と真如堂に遊んだとばかりは言えないだろう。立派な外国（ここでは日本）の学者に会い、良い言葉を引き出さねばならぬだろう。だから、私は思わず笑いながら、「おう、やるなぁ」と思ったが、優れた立派な男でない私は、正直困ってしまう。若くて熱心な女性である彼女（X女士）は、まさに中国人としての処世術を身に備えている優秀な人物なのだった。

今年も終わりに近づいた。まだ年賀状を書く気にならないから、今年を回顧して何かを言う気にもならない。でも、可能ならば、このブログやFBをそろそろまとめてみてはどうだろうかと思っている。かなりの量になったように思えるからだ。今までのように年度の切れ目3月で1冊にまとめるのではなく、1年の区切りでまとめても悪くはないだろう。

コメントや書き込みをしてくださった方々にはまた、掲載のお断わりをしなければならない。それは次にしよう。

　＊Momilla：先生、こんばんは。
「ずいずいずっころばし」の歌詞の意味については、私もよく判りませんでしたので、Googleで検索してみました。大多数は、お茶壷道中（江戸時代、宇治から江戸へ新茶を壷に入れて運んだ行列）をやり過ごす際の庶民の恐怖感を唄ったものというものでしたが、京大文学部卒で現在京都産業大学教授の若井勲夫先生の論文「童謡・わらべ歌新釈（下）」で述べられている解釈を興味深く拝見しました。ＰＤＦファイルがネット上から閲覧できますので、よろしければご覧になって下さい。なおこの歌はメロディも独特で、日本の民謡やわらべ歌は通常は5音か6音音階の比較的単純なメロディが多いのですが、この歌は半音上げたり元へ戻したりする音が2つあり、詳しく説明すると長くなりますが、ピアノなど鍵盤楽器で弾く場合、白鍵だけでは弾けません。その意味からもユニークなわらべ歌だと思います。本年もあと1週間を切りましたが、来年も先生にとって良き年でありますように。

　＊邱羞爾：Momilla君：コメントをありがとう。そうですか、いろんな解釈があ

遊生放語　———— 147

るのですね。「わらべ唄」には今の常識ではわからない不可思議な歌詞が多いですね。メロディの音階の君の意見は大変貴重なものでした。私にはわからないユニークさがあったのですね。いやぁ、大変参考になりました。PDF ファイルが私のPC で見られるかどうか心もとないですが、トライしてみます。ありがとう。

·facebook. (2014.12.23)

少し勉強らしきことをしようと思って、『日本中国当代文学研究会会報』2014 年 11 月、第 28 号の下出鉄男氏の「洪子誠 "材料和注釈：1957 年中国作協組拡大会議"に関する覚書——"丁、陳反党集団"問題を中心に」を読んだ。

重厚で丁寧な調査と検証が、久しぶりに快感を引き起こした。丁玲問題は複雑であるから、関心を呼び起こすとは言え、いささかうんざりしていた。でも、下出氏が邵荃麟の自己批判（＝交代）を引用するところから、がぜん深みが増してきた。作協副主席兼党組書記として周揚のもとで働いてきた邵荃麟が、「五七党組拡大会議」のことを自分が勝手に行ったものだと 1966 年に自己批判する。「五五報告」との矛盾を解き明かして、下出氏は邵荃麟も「右派」とされかけたのだと推測する。そして、「丁、陳反党小集団」をめぐる作協党組の紛糾が、体制の存亡に関わる大事とされたのは、55 年 7 月に始まる「粛反」にあったとする。この独自の判断から、「右派」とは、「放」（＝緩和策）という餌に誘われて、迂闊にも自分から水面に浮上してきた「潜伏する反革命分子」なのだと定義づける。だから邵荃麟が「五五報告」を「不成立」としたことは、「温情」＝「右傾」思想によって、「敵」（丁玲、陳企霞）を「友人」と誤解し、「反革命分子」に対する警戒を解除したことを意味する。これは、毛沢東の 1957 年 6 月 19 日に『人民日報』に掲載された「関于正確処理人民内部矛盾的問題」の意向と反することを実証する。毛沢東は「粛反」を「反右派闘争」へと拡大したので、この過程は「左」に直進する「極左」という一本道にほかならなかった。文革がその最大の帰結であると結論付ける。

私は下出氏の結論と論証に感心して賛意を表するものであるが、より感心したのは、邵荃麟について次のように述べたところである。すなわち、邵荃麟が「折衷的」で「曖昧」な態度を取りながら、最後は大勢に流されたのは彼の「弱気」の表れだったかもしれない。反「右派」闘争がその動力とするものは、自己の革命への信念の確かさに対する不安である。人々は「無謬」を誇る「権力」によって自己の信念の確かさに対する不安を常に呼び起される。この不安を払拭するために信念を「権力」に預ければ、その結果、自己を喪失し「権力」の傀儡となり、それを肯んじないならば、信念

の欠如、不忠を「権力」から裁かれるほかないのである。というところである。
下出氏の七面倒臭い論証の背後にある「権力」のもとの、弱くて誠実な個人のありように対する見解に、私は大いに勉強させられた。邵荃麟の文革中の悲惨な死去について、かつて私は触れたことがある。だからひとしお彼に心を寄せる次第だが、いわゆる党という組織の中間管理職にある者の在り様は、人間としての強さ弱さ以上に心惹かれるではないか。中国の知識人を常に縛るものが革命への信念であることを、下出氏は見事に考察したのだ。さらに下出氏は、その信念の苦しみと不快さを、同情を持って考察している。そういう態度に私は感じ入った。
久しぶりに私は大いに勉強させていただいた。本来もう少し私の感想をうまく表現したかったが、私の能力の限界で、良かったとしか言えないのが残念である。

・**facebook**.　　　　　　　　　　　　　　　　　　　　　　　(2014.12.24)
年賀状を書いた。というより、作ったといったもの。各パーツを選んで組み合わせて印刷しただけ。手書きは一つもない。せめて宛先だけは手書きにしなければ失礼だという意見もあるが、私のような下手な字の、さらに急いでぞんざいな字を書くのは、却って失礼だと私は思っているし、自分の下手な字が嫌いだ。パーツの組み合わせや、宛先の印刷に苦労しているが、それが相手への私の情なのだ。多分わかってはもらえないだろうが……。

・**facebook**.　　　　　　　　　　　　　　　　　　　　　　　(2014.12.26)
今日、初めて私の名前入りのカレンダーを頂いた。三恵社から、月捲りのカレンダーが送られてきて、その毎月の絵に私の名前が入っているのだ。びっくりしたし、何やら恥ずかしいが、うれしくもあった。今、1月の絵を写真に撮ったが、2月には、バレンタインのチョコレートに名前が入れてあるのだ。

＊幽苑：遊び心に富んだカレンダーで、毎月が楽しいですね。2月以降もまたご紹介ください。

＊邱羞爾：幽苑さん、コメントをありがとうございます。三恵社とは長い付き合いですので、今年初めてこんなサービスをしてくれたのでしょう。

● 2014年

・プライベイト、および「お願い」　　　　　　　　　　（2014.12.27）

個人情報ということがうるさく言われ出して、プライベイトに関することが面倒になった。でも、プライベイトとは何か？　私のようなブログやフェイスブックをやっている者は、おのずとプライベイトを吐露しているところがある。写真の掲載などをわりと安易にやってしまうが、一緒に映っている人のプライベイトに配慮したことは少ない。

もろもろのプライベイトなことがあるうちで、私は身内のことを取り上げることはなるべくしないようにと配慮してきた。しかし、今年ほど身内のことをあからさまに述べたことも珍しい。こういう身内のことに触れるのは、私は恥だと思うが、それでも、触れざるを得ないこともある。孫の写真を載せた前号（＝『平生低語』）から、しまりがなくなったともいえる。一度しまりが緩むと、次々と緩む問題が生じてきてしまっている。

プライベイトの最たることは、金と性であろう。だから、私はできるだけこの方の問題を避けてきた。金が欲しいだの、金で買ってくれだのということは、切実な願いにせよ、言うべきことではない。でも、「わかっちゃいるけどやめられない」というやつで、つい口にのぼる。

性の方も、年を取ってくると露悪的にしゃべりたくなるものだが、どうも卑猥なムードが漂ってしまい、徹底的に貶められるような気がする。大学のメールアドレスを使わせてもらっていた時には、しょっちゅうエロチックなメールが入ってきた。更には、発信人が私とするメールまで転送されたことがある。そもそも私はエッチな人間であるが、エッチなのはプライベイトの世界だけにしたい。よそ様にメールを送ったり、ブログで公言などしたくない。

たまたま「ずいずいずっころばし」というブログを書いたら、Momilla 氏が若井勲夫「童謡・わらべ歌新釈（下）」という論文を紹介してくれた。ありがとう。

Momilla 氏はバランスのある人だから、論文で「述べられている解釈を興味深く拝見しました。ＰＤＦファイルがネット上から閲覧できますので、よろしければご覧になって下さい。」と言ってきた。PDF ファイルが巧く開いたので（というのも、私のPC は時々言うことを聴かないから）、もちろん私は読んだが、「ずいずいずっころばし」の唄が、江戸時代の言葉の転嫁を考慮すれば、性的な意味があることがわかることを論証した論文だった。確かにこの私も、唄にひめられている性的な秘め事を薄々感じてはいたが、解釈の一つとして良くできた論文だと思った。そして、「俵の鼠が米食ってチュー。チュー、チュー、チュー」という所からは、この部分以下は、のちにつけ加わった歌詞であろうとサラリと言ってのけていた。他に類例がないそうなのだ。

この展開の疑問、簡単に言ってしまえば、前と後とどう繋がりがあるのかという点に

150

私は納得がいかなかったのだが、もともとはこういう言葉がなくて、後からつけ加わったのだと言われれば、そうかと言うほかない。でも、私は自分が幼児であった時に、母親が「チュー、チュー、チュー」と口を尖がらせて歌ってくれたことを思い出す。「チュー、チュー、チュー」と言うたびに、こちらに向かって顔を近づけた。そして、そのたびに「ウフフ、グフフ」と笑った自分を思い出すのだ。「エヘヘ」とか「キャキャキャ」とかであったかもしれない。あの無垢な幸せなひと時を目に浮かべ、この唄を今でも歌う。その時の母親は生き生きしていてきれいで、若かったのだ。確かに生の輝きがあったように記憶する。

個人情報と言うことから言えば、このブログやフェイスブックに書き込んでくれた人の言葉も貴重だ。その言葉を、このブログを1冊の本にまとめるときに無料で使わせていただくが、所謂著作権などを含めて、許可してください。お願いいたします。

（アイウエオ順、敬称略）

稲垣智恵、今中富美子、岩佐昌暲、内田慶市、王冠、大原雪子、小川利康、金井翔大、金澤敬、金森滋美、鎌田純子、川崎純恵、川瀬恭美、喜多秀行、北岡正子、木村維男、児玉美知子、塩山正純、庄田倫代、沈国威、杉本達夫、高田貴子、高取文子、竹内麗花、東條智恵、道祖道子、長森育代、七澤潔、野村賢治、畠山能子、濱田卓、氷野歩、福島俊子、紅粉芳恵、牧野格子、松尾むつ子、万場るり子、南方登士子、森真宇、山岡義則、山口守、山中大介、劉燕、凌昊、吉田世志子。

もしご異議がありましたら、今年中（12月31日まで）にご連絡ください。
連絡のない場合はご承諾くださったものとさせていただきます。よろしく。

＊ガマサン：先生
おはようございます。
今年も押し迫ってきました。
私は明日が仕事おさめです。
受験生はお休みなどないですが、
私はしっかり休んでしまいます。
仕事をする前に、私はどうしても主婦だと思ってしまうからです。
ここが、自分で「私はプロ」と言えない理由です。
「ずいずいずっころばし」私は何の意味も考えずに、ただ子供と手遊びをしただけですが、物事には成立する意味があるんだなあと改めて思います。
私は、学生だった頃は、暗記は得意な方で、何も考えず、ただ覚えるだけでした

が、最近は名前がついているのは、必然の理由があったんだなあと思うようにな
りました。

もっといろいろなものの見方ができていたら、学習ももっと違う実のあるものに
なったのにと悔やまれることが多いです。

では、先生

よいお年をお迎えください。

来年もよろしくお願いします。

＊邱羞爾：ガマサン、年の瀬も押し詰まって忙しいのに、コメントを入れてくれ
て、ありがとう。

「休む時には休む！」これができる方がプロなのでしょう。人にある多様な面を認
めないと、苦しくなりますよね。受験生にもそのように接してください。

ガマサンにとっての「初春」は、3月になってからなのかもしれませんね。でも、
お正月はお正月として楽しんでください。よい年を！

・今年の終わりに——「遊生放語」 (2014.12.31)

2014年、平成26年の終わりに当たって、1年を回顧しようと思うが、もう回顧と言う
ことが面倒で億劫になっている。そのことが今年の特徴かもしれない。つまり、それ
だけ衰え、元気がなくなったということだろう。今年がさほど悪かったわけではない
が、外から悪いと認めさせられたような気がする。7月から始まって、8月の「前立
腺癌」の発見は、相当の強さで私に影響を与えているらしい。〝らしい〟などと他人事
のように言うのは、どうもピンとこないからで、切実なものになっていない。それな
りの治療をしていないからだろう。来年になったら、放射線治療が始まる予定だ。そ
うなったら、少しは切実な変化が出て来るに違いない。

過去にも、心房細動や軽い脳梗塞だとか、嚢胞腎だとか、糖尿病だとか、脊柱管狭窄
症・すべり症などと、それなりの大きな転機があったのだが、まだ若かったのであろ
う、それほど応えなかった。心配性なくせにどこか抜けているところがあるからかも
しれない。だが、退職して毎日が日曜日になってしまうと、生活にハリが無くなって
しまうせいか、新たな病気が応える。でも、まだ楽観的だ。今までどうにかやって来
れたのだから、これからも何とかやっていけるだろうと思ってしまうからだ。実際に、
なんとかやっていかねばならない。

今年の最大のイベントは、妻の個展であった。思いもしない大きな賭けに彼女は賭け

た。その賭けをしようという気構えに、私は圧倒された。伴侶の力を知らなかったとでも言えるが、過去を知っている私には思いもかけぬことであった。それは彼女が長いこと鬱病で苦しんでいたからだ。それを自らはねのけようと思い切って勝負に出たのだ。そして、それは成功したといってよい。少なくとも、みじめな結果ではなかった。彼女は口では言いあらわせないほどの自信と活力を得たのだった。彼女は第2の自分の人生を持ったといえる。それが私にも当然はねっ返ってくる。彼女が元気になって嬉しいということだけでなく、私の生活にも楽しみという灯がともった。これが今年の最大なことと言えるゆえんだ。

でも、それは私の直接の行事ではない。直接私が関与したことでも、私が努力したことでもない。私の仕事として名前を挙げられるものは、特にない。特にこれといった仕事はなかったが、それでも、私は気楽に生きてこれた。これは大事なことだが、その力となった理由の1つには、私のブログを確実に読んでくれている人がいるということがある。たとえば、〝しばらく更新がないがどうかしたか?〟と尋ねてくれる人がいることが、私には大変な力となる。うれしい。自信になる。私のこんなつぶやきでも読んでくれる人がいて、次を待っていてくれているということが、どんなに素晴らしいことか実感できる。だからこそ、また、まとめて本にしようと思う。本にして配るなんて、まったくの自己満足に過ぎないが、また、多くの人には迷惑な話だろうが、この私には何か生きた証明になるような気がする。だから、バカにならないお金を消費するが、私の道楽だと思って恥ずかしげもなくやれるのだ。

そこで、なんというネーミングにしようか、だいぶ迷ったが、自己陶酔の「酔生夢死」にしようと思った。しかし、そんなに酒を飲んでもいないので、同じ意味の「遊生夢死」から「遊生」を取り、そのくせ結構ぬけぬけと恥ずかしげもなく勝手なことを言っているから「放語」と名付けた。「遊生放語」である。これは私の6冊目の自費による出版となる。皆さんのコメントが助けとなった。コメントの掲載許可に心からお礼申し上げます。

年の終わりであるから、

皆様が良き年を迎えるようお祈りいたします。

乙未の年が良き年であることを!

ブログのアドレス：http://73615176.at.webry.info/

● あとがき

　第 6 冊目の『遊生放語』には、2014 年 3 月 12 日から 2014 年 12 月 31 日までの、私のブログ「Munch2」とフェイスブック（=FB）の文章と「コメント」を収めた。
　FB を見てくれる人は確かに多くなったが、ほぼ固定してきている。ブログの方も固定してきているが、数として少なくなっている。コメントを書きいれてくれる人も少なくなってきている。ブログにせよフェイスブックにせよ、今やなくてはならないものになりつつあるようだが、少しずつ人は飽きてきているように感じられる。思考や感情はそんなに広がりを持つものではないからだろう。私は退職して生活の場が狭くなっているから、文章の質を維持することが難しくなってきている。それにもかかわらず、読み、書き込んでくださった方々がいることに心からの謝辞を捧げよう。
　最後に、無理な出版を引き受けてくれた三恵社の木全社長にもお礼申し上げる。
　2015 年 1 月 31 日

萩野脩二 識
ブログのアドレス：
http://73615176.at.webry.info/

2014 年 11 月 5 日

『TianLiang シリーズ』

　この『遊生放語』を、『TianLiang シリーズ』№ 14 として出す。いずれも、三恵社から出ているので、購入は三恵社に連絡してほしい。

　『TianLiang シリーズ』はこれまで次のものが出ている。№ 1 から№ 5 までは CD であり、№ 6 からは本である。

No. 1	『中国西北部の旅』	中屋信彦著
No. 2	『オオカミの話』	池莉、劉思著、奥村佳代子訳
No. 3	『へめへめ日記』	牧野格子著
No. 4	『池莉：作品の紹介』	武本慶一、君澤敦子、児玉美知子
		氷野善寛、劉燕著
	付録：『池莉の履歴と作品表』	瀬邊啓子著
No. 5	『林方の中国語 E メール』	四方美智子著・朗読
No. 6	『上海借家生活顛末』	児玉美知子著
No. 7	『沈従文と家族たちの手紙』	沈従文など著、山田多佳子訳・解説
No. 8	『藍天の中国・香港・台湾　映画散策』	瀬邊啓子著
No. 9	『探花囈語』	萩野脩二著
No. 10	『交流絮語』	萩野脩二著
No. 11	『古稀贅語』	萩野脩二著
No. 12	『蘇生雅語』	萩野脩二著
No. 13	『平生低語』	萩野脩二著

〈著者紹介〉

萩野　脩二 （はぎの　しゅうじ）

1941年4月、東京都生まれ。70年3月、京都大学大学院博士課程 単位修得退学。91年4月より関西大学文学部教授。
2012年4月より、関西大学名誉教授。
専攻：中国近代・現代文学。

主著に、『中国"新時期文学"論考』（関西大学出版部、95年）、『増訂中国文学の改革開放』（朋友書店、03年）、『探花囈語』（三恵社、09年）、『謝冰心の研究』（朋友書店、09年）、『中国現代文学論考』（関西大学出版部、10年）、『交流絮語』（三恵社、11年）、『古稀贅語』（三恵社、12年）、『蘇生雅語』（三恵社、13年）、『平生低語』（三恵社、14年）など。

共編著に、『中国文学最新事情』（サイマル出版会、87年）、『原典中国現代史 第5 思想・文学』（岩波書店、94年）、『天涼』第1巻～第10巻（三恵社、01年～07年）など。
共訳に、『閑適のうた』（中公新書、90年）、『消された国家主席 劉少奇』（NHK出版、02年）、『家族への手紙』（関西大学出版部、08年）、『沈従文の家族との手紙』（三恵社、10年）、『追憶の文化大革命——咸寧五七幹部学校の文化人』上下（朋友書店、13年。電子ブック＝ボイジャー、14年）など。

遊生放語

2015年2月20日　　初版発行

著　者　　萩野　脩二

定価(本体価格1,850円+税)

発行所　　株式会社　三恵社
〒462-0056 愛知県名古屋市北区中丸町2-24-1
TEL 052 (915) 5211
FAX 052 (915) 5019
URL http://www.sankeisha.com

乱丁・落丁の場合はお取替えいたします。
ISBN978-4-86487-346-8 C3098 ¥1850E